蝴蝶 Seba

蝴蝶
Seba

蝴蝶館 32

詩經亂彈

蝴蝶*Seba* ◎ 著

elegantbooks

目次

他們的看法．

蝴蝶真的亂彈詩經嗎？

復古流行樂——詩經亂彈

看板：seba
作者：DonLon
時間：Sun Oct 8 02：49：51 2000

提到《詩經》，大多人的印象可能停留在「關關雎鳩，在河之洲……」，如果你問到正在準備考試的學生，他／她八成會這麼回答：「《詩經》共三百零五篇，分風、雅、頌三大類……」對於普羅大眾來說，《詩經》到底有什麼樣的意義存在？

「復興中華文化、提升國民知識水準」是早期學者對於《詩經》欣賞相關書籍寫作所抱持的理念；到了今日，這樣的想法加諸於讀者容或沉重了些。歷史上《詩經》的地位一直是不可動搖而崇高的，「從前學者，只把詩經作為最高教訓的寶典來讀，不敢用文學欣賞的眼光來評論……」（摘自《詩經欣賞與研究（一）》，糜文開・裴普賢著，民國七十六年十一月，三民書局）過去若有人膽敢針對《詩經》發表評論，就會像明朝的孫月峰這位老兄一樣，遭到舉世的譏嘲。

或許大家很難想像這會是什麼光景，用比較現代的例子來形容，就像若干年後，有人評論伍佰或是阿妹的歌曲遭到其他人無情的抨擊，並且在研討會上大肆批評、嚴正聲明：這些歌曲不容挑戰云云。「這未免也太誇張了吧？」你心裡八成這麼想，然而這的確是過去學者面對《詩經》的態度，即使有些零星的注釋出現，各家學派引經據典，非把好好的《詩經》賦予許多奇怪的意義與使命，讓人徒呼負負。

容或因為如此，除去許多膾炙人口的篇章，《詩經》對於許多人來說，仍然是十分遙不可及的，使得《詩經》失去了原本應有的活力與熱情。大家一提起

《詩經》，馬上就聯想到聯考或是下禮拜要交的作業等等，未讀先怯、心生恐懼。

《詩經》其實可以不必是學院派的專利，它也可以貼近大眾生活，與我們息息相關。從周朝到今日，改變不可謂不大，打開報紙，你會看到一夜情、搖頭丸、飆車族等報導，今昔對照之下，有著些許不堪；然而，那份真摯而純真的情誼卻沒有改變，試著回想自己當年情竇初開的年紀，乍見心儀對象的羞澀不安、手足無措；如果你隨手翻翻《詩經》，恍然大悟原來有些東西能夠穿越時空，古今皆然。

網路中翩翩飛舞的蝴蝶文字功力令人驚豔，而《詩經亂彈》連載也引起了諸多迴響；蝴蝶的生花妙筆穿越古今，將詩三百那份純純的愛戀濃縮還原，穿插現代都會男女間頻頻上演的愛恨糾葛。辛辣的筆觸以及細膩的描述，使我們對於《詩經》有了嶄新的體驗，對照中規中矩的正常版和蝴蝶版注釋，忍俊不已，讓人時時發出會心一笑；而其中反覆思索更有深意。誠如愛思維ＢＢＳ站※在進站畫面所言：「網路上的輕文學」，蝴蝶的《詩經亂彈》稀釋了《詩經》的厚重，活化並輔以生活中的柴米油鹽，每段篇幅適中，輕巧卻有其深度，為讀者揭去了印象中的層層面紗，提供一個接近古典文學的捷徑與引子。

《詩經》說到底不過是古代的流行歌曲，不必費心考據、推敲其時代意義的我們，何不細細品嘗這道蝴蝶精心料理的佳餚——《詩經亂彈》。

※愛思維（ISA）BBS站為大健（ie）、蝴蝶（seba）、愛倫（allenjou）共同成立，各取該id前一字母而成，以提倡網路輕文學為主，內容包含小說、散文等文學小品。

飛翔的詩篇——【詩經亂彈】

看板：seba
作者：fidi（渡月浪子）
時間：Sun Oct 8 22:01:15 2000

子曰：「詩三百，一言以蔽之。思無邪！」

詩有邪還是無邪，不看《詩經》的我也只是以前讀書時聽老師說說的，不過，從《詩經亂彈》看來，詩是有邪的。

邪的是封建制度，邪的是兩性不平等，邪的是客觀因素。

「客觀因素引發主觀思考模式，影響感覺，產生行為。」

很久以前我的一個朋友如是說，令我至今印象深刻。大意是說，人往往被環境所影響，進而造成了他的一切行為。從蝴蝶的《詩經亂彈》看來，遠古時代的人們正進行著這樣的苦悶。正如文中所聽到的一聲嘆息，女人所背負的「使命」，直到幾千年後，還是放不下……

蝴蝶以古今穿插的方式完成了《詩經亂彈》，風趣的筆法有如圖文並茂。讓印象中死氣沉沉束之高閣的《詩經》，讀起來竟也另有一番風味。一股鑑古諷今的氣味彷彿從幾千年前的天空飄來。我不禁俯首沉吟，從蝴蝶手中撰寫出來的作品，大女人主義不免，但這又何嘗不是大男人主義之下的反撲?!

什麼是大女人主義？什麼是大男人主義?!依據老子的說法，天底下沒有什麼事情是絕對的！男人女人，只不過是道法自然中的相對衍生。不過，《詩經亂彈》並不關老子的事。

說說《詩經亂彈》吧。我喜歡看中國的古典文學，以前當兵時晚上挑燈讀《左傳》，現在睡前躺著讀《三國》。真是不可思議的嗜好，但我喜歡古人文字的華美。我喜歡文言文，正如同詩經內寓意深遠的無窮想像空間。源遠流長，甚至亙古不變的道理，至今仍被人們傳頌著。《詩經亂彈》有點像現代版的詩經注疏，卻又不完全是；有點像魯迅的《狂人日記》，味道卻又不同。因此我不禁拍案大笑，詩經亂彈，彈得好，彈起了幾千年來落定的塵埃，彈起了纏黏在自己身上的蛛絲，也彈起了一頁新曲！

蝴蝶的筆鋒，一向直接而有力。從很早以前就這樣。我喜歡她的寫作方式，一如我喜歡早餐吃隔壁麵店的乾麵般的令人不可自拔。這麼說或許有點粗俗，不過面對蝴蝶如椽巨筆之下，總是這麼的平易近人。也許她不能挽狂瀾，不能扶大廈，至少她做到了一點，成功的將古老的詩篇，重新飛翔在你我的眼前！

渡月橋下月渡人，浪子何須語飄零；
一派夜色半闌珊，一片孤城半天明……

—by 渡月浪子

自序

惡女馴情手冊【詩經版】

身為現代女子，是個艱鉅的任務。

一方面得兩性平等——就是說，失去了被追求呵護的安逸——卻不能真的顯露想追求心儀男子的訊息。

令人無所適從的現代愛情守則……妳若堅強自立，人家說妳是女強人，妳若溫柔和順，人家嫌妳小女人。妳若有自己的意見，人家說妳女權主義，妳若隨和不願爭辯，人家又說妳軟弱。怎麼辦？

情路上顛沛流離十多年，漸漸領悟到生存法則。現代女子想要抗拒艱苦的愛情宿命，只能化身為「惡女」。別人麼？別人算什麼東西？別人不供我們吃，別人不供我們喝，別人又不管我們活得好不好，別人就只會出那張嘴，別人就是別人，管那種沒路用的「別人」幹嘛？

惡女就要有彈性，有毅力，任性而剛毅，同時也能款款柔情，不懼別人的冷言冷語。大女人遇到心儀的男人，也有款款柔情的時候。小女孩遇到小男友眼睛亂瞟，也該做做凶狠狀。

女人是水？對呀，但是別忘了，水可能是液體，也可能是固體或氣體。有了這層領悟，重讀《詩經》，開始微笑。

人類進化有限，尤其屬於愛情的部分。兩千五百年前，女人同樣為情所困，但是被困的女子卻設法找了許多出路。前人的智慧，可以讓我們少走很多冤枉路。

希望妳也因為許多爆笑的情節而大笑，或有所感，筆者一點點的野人獻曝，也算不枉了半夜趕稿的痛苦。

共勉之。

蝴蝶寫於夜蝴蝶館

千禧年九月十四日

導讀

開始對《詩經》有興趣，其實是金庸小說惹的禍。

《神雕俠侶》中，那個戴人皮面具的女子救了楊過，一遍又一遍的在紙上寫著，「既見君子，云胡不喜？」

一下子，著迷了。

就這麼兩句話，將驚喜、羞澀、欲前不前、憂疑、愛慕……活生生的躍居紙面。就這麼八個字而已，一點廢話也沒有。

所以找了詩三百來讀，實話說，在高中那種年紀底下，能領略的也不太多，更何況，當初看得版本，連註解都是文言文，更好笑的是，註解比本文還難懂，所以那時大約只能看兩首情詩，背兩句唬唬人。

重新回頭讀《詩經》，一直到蝸居玉里，生活穩定安逸下來，才有那種閒情逸致去讀，經過這些年生活的折磨，讀的詩就比較能領會了，但是，不成材的筆者，仍然偏愛讀情詩。

一般人看《詩經》，看註解，一下子就被打敗了。總覺得是高深莫測的玩意兒。其實哪有那回事。比起枯燥的三民主義課本，《詩經》的意象不知豐美幾千倍。只不過，古時候的人說話的用詞兒，跟現代人差了幾千年，再加上竹簡寫作，光光刻的時間就煩死人了，只好言簡意賅，簡過頭了，後世一看生字生詞，只好一片霧煞煞。

這實在太可惜了。

所以，選了十來首《詩經》裡淺白的情詩，希望藉由幾千年來始終如一的情感，拉近《詩經》與閱讀者的距離。若是筆者這樣粗陋的文筆，能夠讓閱讀這本書的讀者一笑，甚至更願意接近《詩經》，那才是筆者最想看到的事情哪。

既為題「亂彈」，鄉野嘈雜，為文力求活潑，若有雷同，只能一概視為巧合。至於被我出賣的身邊好友血淚情事，敝人一概否認。

（不要問我沈君、李君、陳小姐為何人，虛擬……虛擬……）

（不知道筆者能不能活到寫完這個系列，而不被出賣的苦主分屍……）

文成匆促，筆者又僅是私淑寫作，若詮釋上有誤，尚望諸位大德不吝指教。

（若是孔夫子有靈，願意半夜託夢，更願意敬備虛擬肉乾一束做為束脩。）

《詩經》據考證，創作於兩千五百年前，約當春秋中葉的詩歌。經過秦朝焚書後，原本已失傳，漢朝時罷黜百家，獨尊儒術，孔子親手整理的《詩經》也在這波復興的風潮裡，由四家耆老口述而傳下來，現存的只有毛詩。

《詩經》依文學性質，可分為風、雅、頌三類。風詩，是各地民謠，包括周南、召南、邶等十五國風。雅詩，包括大雅和小雅，屬於宮廷音樂。頌詩，包括周頌、魯頌、商頌，屬於宗廟樂舞。

選擇了風詩裡的十五首情詩，著眼在簡單明瞭。希望這些簡單的情詩，能夠經過解讀，讓讀者大人們更了解《詩經》，更喜歡筆者《詩經》。

（好了，廢話說完了。雖然很不想講這些廢話，不過應該知道的歷史資料，還是得說一下。）

底下可分為幾個大類：

．**本文**：包含選自《詩經》的原文和出處。

．**生辭註解**：生難字解釋，還有讀音。讓朗讀的時候更能了解音韻之美。

．**導讀**：將詩文值得賞析的部分指出來，加上自己的想法和過往對《詩經》的解釋。

．**蝴蝶版註譯**：依筆者的天馬行空，意譯《詩經》。

（至於內容偏於爆笑，只好對不起孔老夫子了。）

（為什麼叫蝴蝶版註譯呢？筆者渾名蝴蝶館主，居住於夜蝴蝶館，寫的東西自然叫蝴蝶版註譯。正好取「蝴蝶屬於完全變態」的含意，至於內容算不算變態，咳，再說。）

古詩今小說：喻古諷今，拿古代《詩經》的題材，寫現代的小說，至於大不大女人，這就不是筆者能控制的了。

希望經過這樣的解說，能夠讓讀者大人們，更能領會《詩經》的曼妙之處，若是因此「風檐展書讀」，筆者將會大笑三聲，這樣的野人獻曝，也不覺得辛苦。

下筆匆促，或有錯漏，還望海涵指教。若是有高見，歡迎發到http://seba.tw的討論區。

（有種就放馬過來啦～）

詩經亂彈

關雎

選自《詩經》．周南

美好的淑女

魚鷹在河的淺洲上叫著，
懷春少年看著幽靜美好的少女，
不禁動了春心，
心底很想追求她。

本文

關關雎鳩　在河之洲　窈窕淑女　君子好逑
參差荇菜　左右流之　窈窕淑女　寤寐求之
求之不得　寤寐思服　悠哉悠哉　輾轉反側
參差荇菜　左右采之　窈窕淑女　琴瑟友之
參差荇菜　左右芼之　窈窕淑女　鐘鼓樂之

生辭註解

關關：鳥鳴聲。
雎鳩：魚鷹。雎，ㄐㄩ
荇菜：可食用的水生蔬菜。荇，ㄒㄧㄥˋ。
流：尋找。
寤寐：寤是醒著，寐是睡著了。
思服：思量、說服。
悠哉：憂思，哉是語助詞。
友：友善。
芼：芼，ㄇㄠˋ，選擇。
樂：取悅。

導讀

說到這篇鼎鼎大名的〈關雎〉，幾乎只要念過小學的，對於裡頭的句子，可說是耳熟能詳。

不知道是因為此乃《詩經》的開宗明義呢，還是人對於「第一次」總有點莫名其妙的眷念，這篇情詩說是最被人耳熟能詳的《詩經》片段，當之無愧。就算沒讀遍整首，起碼幾個常見的句子不但散見於電影片名（「窈窕淑女」，超好看的），連梁祝開口念書就「關關雎鳩，在河之洲」。

瞧瞧，一本正經的四書五經，打開課本就是情詩，雖然《毛詩序》硬凹是「關鳩，后妃之德也，風之始也，所以風天下而正夫婦也。」只能說，老人家想太多了，硬把流行歌曲凹成歌劇來唱了。

為啥孔老夫子一起頭，就把〈關雎〉擺到《詩經》之首，咳，咱們不去講究老夫子是不是突然想到幾十年前的小表妹或是隔壁家漂亮姊姊，心念一動，正好表達了最潛沉的蘊藉，讀詩便是。

（突然滿想去孔廟擲個茭看看，不知道會不會被揍。）

蝴蝶版註譯

魚鷹在河的淺洲應和著叫聲（春天到了嘛，總要春天的吶喊一下），懷春少年看著幽靜美好的少女（連話都說不上，每個少女不開口都很幽靜美好），不禁動了春心，很想把……咳，很想追求她。

河邊的野菜長得參差不齊，小姑娘翻來翻去的找著，懷春少年，看著漂亮美眉，真是醒著也想，睡著也想，想著要怎樣把到……咳，追求到她。

追求了半天，人家連甩都不甩他，睜開眼睛也想，閉上眼睛也想，想要怎樣誘騙……咳，說服美眉接受他的一番深情。煩哪，煩哪……煩得在床上翻來翻去（為什麼得在床上翻，而且翻完以後床單乾不乾淨，咱就不知道了）。

河邊的野菜長得參差不齊，小姑娘裝得一本正經的採野菜，懷春少年乾脆把琴瑟搬來了，開始「春天的吶喊」……不是不是，彈著樂器表示氣質和友善。（嘿，學音樂的孩子不會學壞？）

河邊的野菜長得參差不齊（這樣採了又採，採了又採，還有啥可採的），小姑娘開始得小心的選擇，省得一個不當心就採著了野草（也對，這麼採呀採，河邊都快禿了），懷春少年春心蕩漾得要死，盤算了半天，還是大鑼大鼓的把她娶回家算了。

古詩今小說

瞧瞧，這麼熱情洋溢的情詩，擱在四書五經的開卷，有些時候還真訝異老夫子其開明也無比。

說到愛情這玩意兒，五千年前，五千年後，老有始終如一的感覺。

話說筆者的朋友沈君，長得一表人才，相貌堂堂，黃金單身漢的身價，偏生性喜自由，雖說萬叢花間過，倒可點塵不沾身。

不沾身又不代表不沾心，偏偏三十歲那年突然被個十七歲的小姑娘迷得連魂都沒有了。

「阿翠，」他激動的把我抓起來搖，「真的，我從來不知道，一見鍾情的滋味像是被雷打到～」

我也覺得像是被雷打到……把我搖得頭暈也罷了，還狠狠的在牆上敲了兩下，腦子嗡嗡叫。

「我要追求她！年紀絕對不是問題～」

本來年紀也不該是問題，不過，他真的「琴瑟友之」，帶他的民謠吉他跑去對著小女生彈吉他唱情歌。

「她喜歡我唱的情歌！」他亢奮得要死，我連忙逃離兩公尺以上，抱著頭，還考慮要不要拿安全帽來戴。小心翼翼的，我說，「那……那還真是恭喜了……」

「等我結婚再恭喜我吧！」他面泛紅光，抱著吉他，哇拉哇拉的唱古老的番文歌。

後來？

後來小女生真的被「琴瑟友之」了——她被某個玩團的學長把走了。

至於沈君，我謹慎的拍拍他的肩膀（這次我戴了安全帽）。

（唉，我看見他的背後有著蕭瑟的秋風捲落葉。）

這證明了幾件事情。

第一、《詩經》果然是愛情必修學分。瞧，「琴瑟友之」是有用的。

第二、任何學問都需要靈活運用，隨著時代的變遷修正。

對於現代的小姑娘，玩團的帥哥當然比玩民謠吉他的歐吉桑酷太多了。當初沈君若臉上塗上平劇的臉譜，跟日本視覺系藝人般抽筋似的玩電吉他，說不定就勝出了。

為了在愛情的路上繼續勝出，請記得秉持這種原則。

（不知道晚上孔老夫子會不會氣得臉發青的來托夢……）

正常版譯文

啼聲「關關」的水鳥，在河的沙洲上。幽靜美好的淑女，是君子的好對象。

長短不齊的荇菜，左右尋找著。幽靜美好的淑女，不論醒著或睡著都想追求。

追求不到，不論醒著或睡著都想著怎樣說服她。憂思阿，憂思。翻來覆去的不能成眠。

長短不齊的荇菜，左右採摘著。幽靜美好的淑女，彈著琴瑟來跟她表示友善。

長短不齊的荇菜，左右挑選著。幽靜美好的淑女，還是鳴鐘擊鼓著將她娶回家吧！

桃夭

選自《詩經》‧周南

像是桃花嬌美的新娘

桃樹繁盛茂美，
桃花若火繁盛的在枝頭燃燒，
如桃花般嬌美的女子，要出嫁了。
她一定能讓婆家興盛起來。

本文

桃之夭夭　灼灼其華　之子于歸　宜其室家
桃之夭夭　有蕡其實　之子于歸　宜其家室
桃之夭夭　其葉蓁蓁　之子于歸　宜其家人

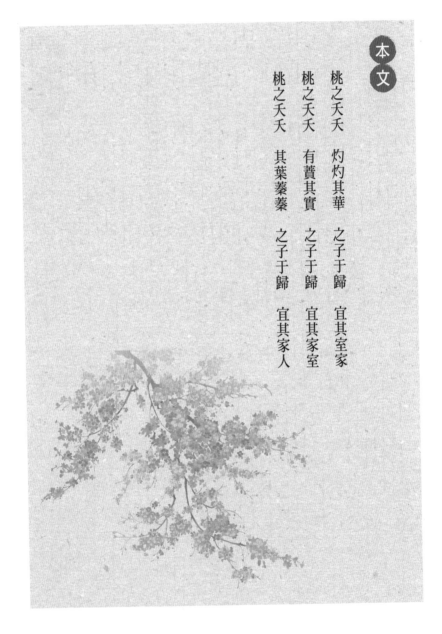

生辭註解

夭夭：茁壯美好。
灼灼：如火般紅豔明亮。
之子：這個女子。
于歸：于，此刻。歸，出嫁。
室家：家庭。家室、家人，其義相同。
有蕡：蕡，ㄈㄣˊ，繁盛。有蕡，蕡然，形容桃實。
蓁蓁：蓁，ㄓㄣ，茂盛。

導讀

頭回念《詩經》給兩個兒子聽，就是這篇〈桃夭〉。實在深愛這篇的音韻之美，所以忍不住念給孩子們聽。

結果，小兒子格格笑著，一溜煙跑進廚房再跑回來，「媽咪，是這樣的『逃之夭夭』嗎？」

忍不住嗤得笑了出來。

（我還真的看過有人把這兩句話弄混了。）

此桃非彼逃也。雖然「落跑新娘」偶有聞之，這首詩還是很單純的賀嫁詩。

至於《毛詩序》裡說的：「桃夭，后妃之所致也。不嫉妒，則男女以正，昏姻以時，國無鰥民也。」拜託，不要什麼事情全跟「后妃」搭上關係（除了后妃，天下沒女人了嗎），而這麼簡單的詩，也能卡上這麼複雜的序，真的也夠了。

不過，「宜室宜家」這樣通俗的成語，卻是從這首音韻極美的詩化出來的，所以，拿來當入門欣賞，是很適宜的。

蝴蝶版註譯

桃樹繁盛茂美，桃花若火繁盛的在枝頭燃燒，如桃花般嬌美的女子，要出嫁囉～一定能讓婆家興盛起來唷～

（真命苦，嫁人還得保證婆家興盛，比神明還靈。）

桃樹繁盛茂美，桃實豐美碩滿的掛在枝頭上，那個豐滿健美的女子，要出嫁囉～一定能讓婆家興盛起來唷～

（更命苦了。這個影射厲害。搞啥馬上花落結果，還結一大樹？年頭生一個，年尾生一個。一輩子十幾個小孩是古人的常態，馬上桃花凋零成一大片。男人怎麼不自己去生看看？）

桃樹豐盛貌美，桃葉豐盈茂密得幾乎看不到枝頭，那個壯盛豐美的女子，要出嫁囉～一定能讓婆家興盛起來唷～

（連桃實都沒了……暗示女人一生的青春哪……唉……）

古詩今小說

其實，就意境而言，我不太喜歡這篇的精神。

用桃花、桃實、桃葉來比喻出嫁女子的容豐貌盛，順便善祝善禱一番，希望她能使夫家興盛（這樣才能一生幸福）。

老實說，女子出嫁於最美最嬌豔的時刻，然後在將來可預見的未來中凋零頹敗，基本上就充滿鬼氣森森的氣息。

祝禱人可不管這些，他著眼的，還是這個桃花般嬌豔、桃實般飽滿、桃葉般生氣勃勃的美好女子，能適合這個家庭，對這個家庭貢獻一生。

然而在意境上，這篇〈桃夭〉的豐美，卻是訴之不盡的。從「桃之夭夭，灼灼其華」這句開始的三句並列句，用「灼灼其華」這樣四個字，就能將桃花盛開，欲焚天際的光景，生生的重現在眼前；用「有蕡其實」將語氣稍稍煞住，再用「其葉蓁蓁」將桃樹茂盛，生機勃勃的模樣，塑造出一個美麗、健壯、富生命力的女子來。

可以注意一下，《詩經》中出現的女子，幾乎都是壯盛豐美的居多，用來形容女子的，多是桃樹、荇、蒹葭之類，即使是〈靜女〉篇的女子，也會「自牧歸荑」，和宋之後羸弱而纏足的小女子是不同的。或許在春秋中葉的前五、六百年間，父權社會仍去古未遠，母系社會中的強健女子仍能活躍於社會中有關。然，這樣的女子基本上難以屈服，所以漸漸鼓勵嬌弱而無主見的女子為主流，到宋時，發展到禁錮的極致，索性殘廢了女人的天足。

相對於祝禱女性宜其室家的〈桃夭〉，日後卻將桃花視為曖昧的代名詞，將命帶桃花的女人視為賤命，這還真的是一種非常深沉的諷刺。

就像筆者的朋友陳小姐（瞧，我又出賣了一個苦主），一出生，就讓某鐵板神算大筆一揮，認定陳小姐一生桃花不斷，父母聽了原本就不喜，長大起來謙沖有禮，大方溫柔，當然男性朋友比女性朋友多甚多。父母親又更厭棄了，就賣力疼那個命裡沒桃花的哥哥。

結果那個哥哥結了兩次婚，每次都生個幾個小孩給老爹、老媽去拖磨拉拔，那個命裡帶桃花的妹子，反而有了一卡車義氣的青衫之交，不但孝順父母，還幫著養哥哥的小孩。

「結婚？我有病啊？」陳小姐不只一次的嗤之以鼻，「你看過我哥哥打嫂子的狠勁沒有？那破爛男人不養家，只會讓女人懷孕的。」

雖然這樣的鄙夷，不過，女人年紀到了，總會有結婚的欲望。這不算錯誤，她也找到一個看起來應該不錯的男人，準備結婚了。

新人都是要拍結婚照的，男方家長對結婚照都很重視，不但看了日子，還陪著準媳婦去拍照，本來和樂融融，一切都很美好。連向來畏畏縮縮的婆婆，也眉開眼笑，陳小姐認識她以來，沒見過她那麼多話過。

會笑得準婆婆居然有著明亮溫柔的眼睛……陳望著她，若不是準公公的吼聲，將婆婆打回原形，她幾乎要錯覺看到美人了。

不過，從未婚夫到小姑子，對於公公又吼又叫又推婆婆的行為，居然連眉毛也沒皺一下。

「爸爸他……」

「別管他們，」未婚夫像是沒看到，「老夫老妻，總是打打鬧鬧的，他們感情可好呢。」

快哭出來的表情叫感情好？陳悄悄的遞了面紙，婆婆偷偷的擤了鼻涕，感激的笑。

「哭什麼哭？」未婚夫對自己的母親居然凶了起來，「爸爸輕輕推妳一下，哭啥？想哭衰我？」

瞪著未婚夫不在乎的罵自己母親，準公公跟著慷慨激昂，幾個大姑、小姑嘻嘻哈哈看婚紗，剛拍好照片的陳，面如土色的推開未婚夫的金卡，拿出自己的。

「唉呀，還不是一樣？妳的錢還不是我的錢？」未婚夫打趣著她。沒想到陳居然拔腿狂奔，真的「逃之夭夭」。（據說速度快到後面有蓬煙跟著……）

「不逃？」說到這段逃婚的經歷，她的臉色還蒼白著，「難道還要再變成另外一個倒楣的老媽子和出氣桶，才來抱怨遇人不淑？我可是有人格、有自尊活生生的人ㄟ～（酷斯拉式的怒吼，太長，刪除）嫁人了不起？我自己也有家，我老哥也留了一堆小孩，誰希罕生小孩？God，誰希罕當別人家菲傭，我天生命就比較健……健……健康嗎？」

不過陳小姐倒是非常喜歡〈桃夭〉這首詩，還做了點設計，成了她的桌面。

仔細想想，她也算是宜其室家，只是「宜」了自己的「原生家庭」。

五千年過去了，繞了個彎兒，女人又重回壯盛豐美的style。

值得嘉獎。

正常版譯文

茁壯美好的桃樹，開滿鮮豔花朵，那位女子要出嫁了，必能讓夫家興盛。

茁壯美好的桃樹，結滿豐美果實，那位女子要出嫁了，必能讓夫家興盛。

茁壯美好的桃樹，長滿繁盛葉子，那位女子要出嫁了，必能讓夫家興盛。

行露

選自《詩經》．召南

絕不依從你

早點醒你的白日夢吧！
就算把我關起來了，
也別想我會嫁給你當妻室。

本文

厭浥行露　豈不夙夜　謂行多露
誰謂雀無角　何以穿我屋
誰謂女無家　何以速我獄
雖速我獄　室家不足
誰謂鼠無牙　何以穿我墉
誰謂女無家　何以速我訟
雖速我訟　亦不女從

生辭註解

厭浥：厭，ㄧㄢˋ。浥，ㄧˋ，潮濕狀。

夙夜：夙，ㄙㄨˋ，早。夙夜指天未明的時候。

角：雀鳥的嘴是角質的，所以說雀嘴為「角」。

女無家：女，通「汝」，ㄖㄨˇ，就是「你」的意思。家，此指家世可仰仗。

速：促使。

獄：牢獄之災。

室家：成親。

不足：不可以。

墉：墉，ㄩㄥ，牆壁。

訟：官司。

導讀

念這首詩，得用最慷慨激昂的語調，既然準備控訴全天下不長眼的惡霸男子（而且要站起來，中氣才會足），非得起用潑婦罵街的氣勢（至好一手扠腰，一手法指，大做茶壺狀），不足以淋漓暢快的表現這詩的氣勢。

讓幾千年父權社會欺壓下來，慣於吞聲忍泣的女人家，大約沒料到兩千五百年前的女祖宗們，氣魄會這麼雄壯，短短幾句詩，比起落落長的〈正氣歌〉，一些些都不多讓，一副「就算監牢你家開的也一樣，老娘說不嫁就是不嫁」，惡生生、潑辣辣的往前一站，活脫脫的躍於紙上。

這種不畏，就這樣昂揚在《詩經》裡幾千年，讓些鬚眉男子臉上掛不住，支支吾吾的解釋成「女子悔婚爭訟」（見《朱集傳》），姚際恆《詩經通論》胡扯得更遠了，直說是「貧士卻昏遠嫌」。

解釋完生辭生字，可不就是不畏強權，不願屈嫁的女烈寫真麼？

你瞧她就這樣往公堂一站，開口就說，一點靦靦也無，好女兒當如是。

蝴蝶版註譯

滿街都是濕漉漉、跌死人的露水，怎不整夜的趕路哪？還不就是路上的露水太多，清清白白一個人兒，誰會想沾腳呢？

（開口就諷刺人了。瞧，這嘴角多剪利。）

誰說那屋頂麻雀沒有張角嘴兒？要不然，牠拿啥連我家的屋子都弄穿了？

（更厲害了，順口就罵這紈褲弟子是麻雀兒，形容得好——嘰喳胡搞，的確像。）

你這混蛋還說你沒家世可以倚仗哪？你這死傢伙若不靠了你家的家世，又怎麼能夠把我關到牢裡面去？

早點醒你□□□□□□（以上消音）的白日夢吧！就算把我關起來了，也別想我會嫁給你當妻室。

誰說老鼠沒牙啊？要不，這死老鼠怎連我家牆壁都啃穿了（現在換做是老鼠囉～原來鼠輩之說，還從《詩經》來的）？你這傢伙還說自己沒強霸的後台可以撐腰啊？那你這死二世祖（或三世四世，古時候人的家世可以維持多些時候）有啥本事讓我吃官司哪？

滾遠點吧你這□□□□□□（以上消音），就算讓我吃上官司，也別想我會怕了你這□□蛋，乖乖嫁給你！

古詩今小說

有些時候會感嘆，男人能不能做點有用的事情，證明自己沒那麼凶殘惡霸，仗著體力或權力胡作非為。

令人感傷的是，父權社會遺毒過深，男性總是忘了應當要尊重女性的性自主權（就是高興跟誰結婚或上床的權力啦），當土匪的，只想把中意的女人抓回山頭當壓寨夫人，當官為宦的，就想把女人抓到牢裡關關嚇嚇，好讓她哭哭啼啼的來家為妾，真是夠了。

人性似乎不知道啥叫做進步，雖然二十一世紀在即，這類的蠢男人還是多得很。

說到上法院，中國人非訟的習性就冒了起來，簡直寫在DNA裡面，所以那天李小姐臉色慘白的衝進我的家裡，手和法院傳票一起簌簌發抖。

「我……我被告了！那個該死的傢伙！」她倒在我的床上，將臉蒙上。

把傳票看了一遍，我揚起臉，非常迷惑，「性交易？妳開應召站？」認識李將近五、六年，我還不知道她那僅容旋人的泡沫紅茶店還可以當應召站。

她尖叫了起來，「妳有沒有膝蓋?!妳可不可以用妳的膝蓋思考一下!?」

說得也是。除了工作還是工作，閒下來安靜得接近孤僻，媽媽桑也需要點交際手腕，李是不合格的。

「妳能不能有點建設性？」她哭了起來，「怎麼辦？我一生清譽全毀了～」

費了些工夫，才弄清楚，這個提報者，追求李很有一陣子，天天來買珍珠奶茶，可惜李甩都不想甩他，所以，因愛生恨，憑了些關係，羅織了個罪名給她。

「反正妳的年紀也不小了，跩什麼跩？」那傢伙挺得意洋洋的，「若是答應了我的婚事，就幫妳把整件事情擺平。」

停住了哭泣，李瞪著他，「我開的是泡沫紅茶店，不是應召站。你明明知道的！」

「我知道！但是，法官大人不知道唷。」他笑了起來，用最誠懇的笑容逼近李，「我真的很喜歡妳，我會對妳好，讓誰都無法傷害妳的。」

李只顧著哭，未置可否。

不過，開庭的時候，哭哭啼啼的李，要求法官讓她放一卷錄音帶。結果那傢伙的臉全黑了。

雖然說，錄音帶不能當呈堂證供，不過，官司打下來，李贏了。

宣判那天，李對著那傢伙又哭又尖叫，「你他媽的……你以為老娘好欺負～」向來嫻靜溫柔的李，差點又吃了傷害罪官司。

她脫下高跟鞋，追打那渾球兩三條街，幸好跑得快，只挨了幾個鞋跟。

嗯，二十一世紀，肯定是個復古的時代。

正常版譯文

道路上滿是潮濕的露水，難道不想終宵趕路麼？實在是路上的露水太多。

誰說雀兒沒有嘴，要不然怎會啄穿了我的屋子？誰說你不憑藉著豪霸的家世？要不怎會讓我入牢獄呢？

雖然讓我入了牢獄，想讓我成為你的家室，還是不可能的。

誰說老鼠沒有牙齒？要不然怎麼會嚙穿了牆壁？誰說你不憑藉著豪霸的家世？要不怎會讓我吃上官司呢？

就算讓我吃上了官司，我還是絕對不會依從你的。

摽有梅

選自《詩經》．召南

還是趕快來求婚哪

梅子熟透開始掉落了，
樹上還有七成左右的果實。
想跟我求婚的帥哥們，
趕緊撿個好日子來求婚吧！

本文

摽有梅　其實七兮　求我庶士　迨其吉兮
摽有梅　其實三兮　求我庶士　迨其今兮
摽有梅　頃筐塈之　求我庶士　迨其謂之

生辭註解

摽：摽，ㄆㄧㄠˇ，落。
庶士：庶，眾多。士，青年。
迨：趁著。
吉：吉時，好日子。
今：今天，現在。
頃筐：斜口的竹筐。
塈：塈，ㄐㄧˋ，取，盛裝。
謂：告訴，說一聲。

導讀

焦切的待嫁女兒心，自古皆然。

過去女子的社會地位肇因於婚姻與家庭。沒有婚姻的女子，在娘家是沒有地位的。這首急切的求嫁詩，俏皮與大膽的背後，只有層辛酸的滋味，像梅子一般，緩緩的氾濫開來。

然而，《朱集傳》講得滿好笑的，「南國被文王之化，女子知以貞信自守，懼其嫁不及時，而有強暴之辱也。」可筆者上看下看，左看右看，怎麼也看不出哪裡有「嫁不及時，強暴之辱」。知道有人這麼強做解人就行了，可別奉為聖經。

不過，這位春秋中葉左右的姑娘，卻很勇敢的唱出自己的心聲，也在簡單卻俏皮的詞句裡，幽了自己一默。

蝴蝶版註譯

梅子熟透開始掉落了，樹上還有七成左右的果實。想跟我求婚的帥哥們，趕緊撿個好日子來求婚吧！

（還不急，反正姑娘我年紀還不太大，要娶我？撿個好日子先。好的開始，是成功的一半嘛。）

梅子熟透掉落了，樹上還有三成左右的果實（糟了，還是沒人來求婚……）。想跟我求婚的帥哥啊～今天就是好日子啦（怎麼還沒人來求婚哪？我不要變成聖誕節過後的草莓蛋糕，嗚～）！

梅子已經掉了滿地，竹筐裝滿一籮又一籮（這……這群瞎了眼睛的笨蛋男人～沒看到這麼可愛的女人等著嫁人嗎）。想跟我結婚的帥哥（不要裝了，就是你），就等你說句話就行了！

古詩今小說

好吧，古中國的女子思嫁，怕嫁不出去惹人閒話，現在的女子有沒好些？現在的女子也不見得好到哪兒去。你知道，幾千年的桎梏，上百年的薰陶就能夠解除？也太難為這些長輩了。

所以，阿堇家三姊妹被世人側目，也是應該的。

她們一家三個女兒過了三十，沒一個把心放在婚姻上面，老媽媽的頭髮都急白了，筆者若到她們家去，阿姨總是老鷹抓小雞似的抓住我，哭哭啼啼的，「阿翠，妳看她們三個……都過了摽梅之齡，還沒半個有意思嫁人的，叫我這個做娘的怎麼面對親朋好友啊～」

看著阿姨的指甲陷到我的肉裡去，想來我的笑容扭曲得很，「阿姨，嫁人也沒什麼好……妳……」趕緊把姨丈養了三、五個小老婆的指控吞下去，我可不想看阿姨抓狂，「妳看我嫁了人，還不是離婚了事？結婚不是什麼好的……」

阿姨很固執的瞪著我，「可是妳嫁過了，孩子也有了。丈夫不好，有什麼辦法？但是，到底妳算是嫁過，證明妳有人要，而且很正常。」阿姨哭了起來，「她們三個連人家來提親都沒有，別人都說她們是同性戀。」

「別人就是別人。別人又不供我們吃，別人又不賺錢給我們，別人就只會出張嘴言是非，別人是什麼東西？我幹嘛聽別人講東講西？」阿堇跳了起來，「結婚就不是同性戀？笨蛋，沒聽過什麼叫做煙幕彈嗎？」

阿娟懶洋洋的說，「姊，鎮靜點。就算是同性戀，又不礙著人。理那些閒人幹嘛？」

「如果我是，也不干她們的事！」阿堇在那邊暴跳，「更何況我不是！」

「不過……」在一邊趴著看漫畫的依依，倒是慢慢的嘆了口氣，「有些時候，我也很想嫁呀。」

阿娟和阿堇對望了一眼，也跟著嘆氣。

「有些時候是會的。尤其是媽媽非常囉唆的時候。」阿娟梳了梳烏黑的長頭髮，「我也想有自己清靜的家。」

「想有個好男人靠一下，」阿堇也感慨，「老闆發更年期……馬的，男人發什麼更年期……被氣得有淚又不敢輕彈的時候，很想有個堅實的胸膛靠一下，幫我擋一下風雨。」

「軟軟綿綿的娃娃，」依依抱起泰迪熊，「會叫媽媽，會哭，會發脾氣。但是，他會愛我。」

一片悲傷中，我拿出曼陀珠，嚼嚼嚼。

阿娟應該搬出去住一陣子，就會發現，「家」沒人打掃的話，不會自動恢復整齊清潔。雖然豬圈也可以很安靜。

阿堇可以找個男朋友同居看看，那個「堅實的胸膛」搞不好會有很多女人也想靠，婚前婚後機率其實沒啥差別。更不幸一點兒，說不定得繳房租、繳水電瓦斯、信用卡，就像養了隻昂貴又不貼心的寵物一樣，還得提心吊膽會不會懷孕。

依依直接去坐月子中心找份帶小嬰兒的工作就好了。很快的，妳會對這群「小天使」改觀。若是更逼真點，乾脆借個小娃娃來住一、兩個月，可能剩下急遽下降的體重，嚴重的黑眼圈，和沮喪得想哭的挫折。因為軟軟綿綿的娃娃不會說人話，只會用哭來跟妳溝通。

還有，小孩當然會愛妳……直到他青春期，變成青番之前。

不過，現代的摽梅女子到底理智多了。阿堇生了個孩子——不知道哪邊借來的種——阿姨整天哄外孫忙得團團轉，沒空囉唆她們的婚姻狀況。阿娟去大陸打理一整個工廠，請了管家。去她上海的家，活像圖書館，滿牆滿牆的書，她當真安靜極了——請的管家還是瘖啞。

至於依依，倒真的跑去開坐月子中心。別人家的小孩嘛，心情好的時候去逗逗，一哭了，就丟給奶媽去煩惱。

人類總是會進化的。尤其是摽梅女子。

正常版譯文

梅子已經熟透而落了，樹上的果實還剩下七成左右，想跟我求婚的各位男士們，趁著吉時良辰來求親吧！

梅子已經熟透而落了，樹上的果實還剩下三成左右，想跟我求婚的各位男士們，趁著今天就趕緊來求親吧！

梅子已經熟透落了一地，得用竹筐一籮籮的裝起來，想跟我求婚的各位男士們，只要說一聲就行了。

江有汜

選自《詩經》．召南

妳將來一定會後悔的

江水分流總有相會的時候，
妳卻自顧自的嫁別人了，
不再和我在一起。
妳以後一定會後悔的！

本文

江有汜　之子歸　不我以　不我以　其後也悔
江有渚　之子歸　不我與　不我與　其後也處
江有沱　之子歸　不我過　不我過　其嘯也歌

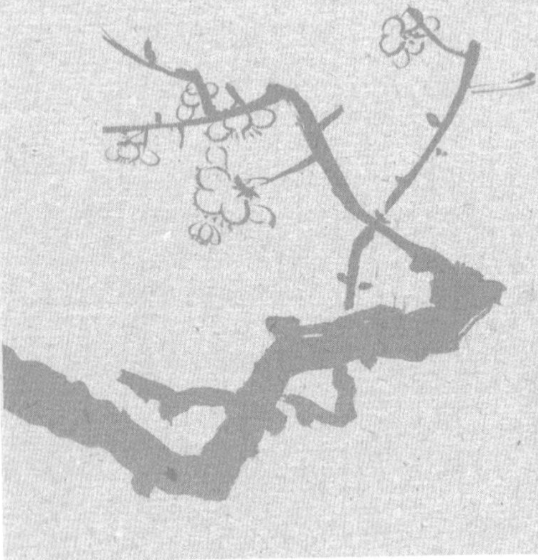

生辭註解

汜：汜，ㄙˋ，江水分流又復合。

之子歸：猶同「之子于歸」，女子出嫁。

不我以：不再與我過往。

悔：後悔。

渚：渚，ㄓㄨˇ，江中的小浮洲。

處：疑筆誤。應當為「楚」，做悲痛論。

沱：沱，ㄊㄨㄛˊ，江水的支流。

嘯：撮口發音，嘯歌，狂歌。

導讀

這首詩相當多眾說紛紜。

有派學者認為是「女子為男子所棄」所詠，見王通釋：「此為居江上之男女初相悅，而後男子棄女而歸，女子乃有所詠。」但見王雲五主編的《詩經今註今解》，卻認為是「描寫男子被遺棄後對女子的感慨之詩」。

筆者支持王雲五的看法。從「之子歸」來看，應當與「之子于歸」用法相同，而不當作男子解。

哦，我知道了。男人被拋棄也太難堪，還是說女人被棄好些。畢竟女人被棄在古代簡直是常態，豈不聽聞七出之說？

「無子、搖佚、不事舅姑、口舌、盜竊、妒忌、惡疾」，不用經過法院審理，反正夫家說了就算，女人乖乖滾吧。有娘家可回的，還有點指望。若是兄嫂凶殘，搞不好就賣到煙花裡。古代的女人是沒尊嚴的。

不過，拿這來證明此詩是女子遭棄，就凹得太凶了。

蝴蝶版註譯

江水分流總有相會的時候，總是遇得到，妳卻自顧自的嫁別人了，不再和我在一起。（啊，我破碎的純情心哪～）不和我在一起～妳以後一定會後悔的！（像我這麼酷，這麼帥，這麼猛的有為青年，妳居然拋棄我～）

江水淤泥出小沙洲，長年的沖刷累積都能感動江心，但是妳卻自顧自的嫁別人了，不再和我來往。不再和我來往了～妳以後一定會感到痛楚的！（像這麼愛妳，這麼痴情的男人哪裡找啊～妳怎麼可以～怎麼可以新郎不是我～）

江水會分岔出不同的支流，總有各奔東西的時候，妳真的自顧自的嫁給別人了，連在我這裡停留一下都不願。連停留都不願意了～怎不叫我哀痛得狂嘯而歌啊～（為什麼春秋時代沒有KTV？逼得我只好唱大河盃……）

古詩今小說

女人被拋棄了，總是比較憂傷，即使會問「你怎麼可以不愛我」，聲音也帶著哭聲，通常會咬手帕絞棉被，伏枕痛哭到天明，開始反省自己的點點滴滴，老覺得自己不夠好，所以男人才會選擇漂亮（往往也未必）聰明（會選那個見異思遷的笨蛋男人，會聰明到哪去）又有才華（有時才華只是訓練有素的代名詞）的女對手。

男人就不一樣了。被拋棄的時候，開始憤怒（看著，是憤怒，和自怨不同唷），覺得那女人簡直瞎了眼睛，居然會放棄自己這樣帥猛勁爆，奮發向上，

「敢笑楊過不痴情」的絕代曠世大才子。

某楊君與筆者乃前前前前……（想不起來多麼「前」了）任情侶，後來性情不合，和平分手。就為了筆者不曾四處涕淚泗橫的哭訴他的狠心（廢話，我又不太喜歡這傢伙，當初只是湊合湊合），他一直將筆者當知心好友。

剛戀愛，不會忘了大鑼大鼓的來炫耀一下，和女朋友吵架，也不會忘記抱怨女朋友的痴纏或冷落，當然，每次失戀，更不會忘了往筆者的耳朵裡倒他滔滔不絕的憤慨。

看在外號「鹹龜」的他，居然樂意請我吃大餐的分上，當然兩肋插刀的去了。雖然總是破壞我的減肥大計。

「我被拋棄了，」他的臉上充滿了抑鬱，「我真是不懂，我對她還不夠好嗎？每天打電話，每個禮拜見兩次面，還嫌我不夠關心她？像我這樣奮發向上、有才華、肯吃苦……（太長，唯恐讀者睡著，刪除）的男人，她還想怎麼樣？」

趁著他說話的時間，我把麵包吃完了，「哦？沒有彌補的機會嗎？」

沉默了一會兒，不大甘心的，「她嫁了。嫁給我的學弟。」

剛好女主角和學弟我都認得……天作之合。我喝了一大口檸檬水。

「什麼天作之合!?」他用力一捶桌子，桌子上的刀叉全體一跳，「那個沒出息的小男人，到現在還會幫媽媽提菜籃。菜籃ㄟ……（太長，全是廢話，刪除），怎麼能跟我這種頂天立地……（廢話刪除）的男子漢比評？」

高興的吃著牛排，果然台塑牛小排名不虛傳。只是要小心的閃對面的刀叉和口水，我頗為了自己的眼明手快得意，隔壁桌看我揮舞著餐巾抵擋刀叉口水的曼妙，居然忘情的拍起手來。

微笑行禮後，我停下刀叉——不是不想吃了，而是趁隙楊君帶著泡泡的口沫濺在僅剩三分之一的牛排上，默哀了兩秒鐘，我還是決定吃甜點。

「聽說，你帶女朋友來吃過台塑牛小排？」端起小蛋糕，我坐後面些，確定射程不會噴到我。

「對啊！」楊君馬上滔滔不絕的講述女友的背義忘信，「我帶她吃遍全台北的大街小巷ㄟ～像我這樣好，這樣有情調的男人……」

等他換氣的時候，我也剛好吃完小蛋糕，「聽說，你們一直都是一人付一半啊？」

「那當然，」他很嚴肅，「現在是女男平等的時代，女人不能夠只想要得到利益而不負任何義務，妳知道……」

趁他演講的時候，我連咖啡都幹掉了。

「我還聽說，你女朋友……抱歉，前女友跟你談過婚事，你要她辭職？」再要一杯咖啡，反正他要付帳的。

「你知道小孩子應該由母親親手帶大的嗎？根據教育的原理……（廢話，刪除）而且家是家庭成員的避風港……（廢話，刪除）熱騰騰的晚餐，明亮的笑容，是每個人（尤其是男主人）在學事業衝刺的原動力……」

「反正她可以在家裡接翻譯嘛，對不對？」我露出朦朧迷離的笑容，吃得太飽，又聽了太多「笑話」，連灌四杯咖啡也沒用處，「對了，我還聽說你想掌管家裡的經濟大權？」

「男人本來就比較擅長理財……」

在他哇拉哇拉的發表高論時，我打了個呵欠。是，我很不同情被拋棄的男人。

男人總是很自以為是的將女人的寬容和愛當成了理所當然，等到女人承受不住這種「理所當然」的時候，又怪女人不識貨，總撂下狠話……

「她一定會後悔的！」楊君咬牙切齒的說。

是，或許。不過若是嫁給了你啊，百分之百會後悔。

正常版譯文

江水還有匯流得時候，妳就要出嫁，不跟我在一起了。不跟我在一起！將來妳一定會後悔的！

江水沖刷出小沙洲，妳就要出嫁，不再和我來往。不再和我來往了！將來妳一定會痛楚的！

江水總有分流的地方，妳就要出嫁，不再和我過從。不再和我過從了！怎不叫我悲愴的長嘯而歌啊。

野有死麇

選自《詩經》．召南

慢慢來，別弄響了我的環佩

野外有隻死獐子，用白茅包得好好的。
有個美麗的少女正懷春哪，
帥哥獵人向妳求愛好不好？

本文

野有死麕　白茅包之　有女懷春　吉士誘之

林有樸樕　野有死鹿　白茅純束　有女如玉

舒而脫脫兮　無感我帨兮　無使尨也吠

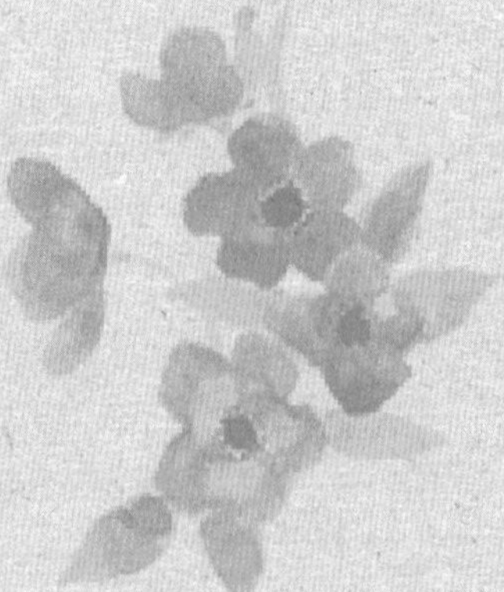

生辭註解

麇：麇，ㄐㄩㄣ，鹿類，即獐。

吉士：吉，美好。士，年輕男子。

懷春：因春而感，思情之美好。

誘：引誘。

樕：樕，ㄙㄨˋ，小樹。

束：捆束。

舒：舒緩，慢慢來。

帨：帨，ㄕㄨㄟˋ，配戴的首飾。

尨：尨，ㄆㄤˊ，狗。

導讀

大約十個人會有九個一臉疑惑的問：「好吧，大半都解釋了，那麼『脫脫』呢？為什麼不解釋？」

筆者也只好抹抹額上的汗說：「呃……這個『脫脫』……那個『脫脫』……（我們的思想一定不可以邪惡）」

查了幾本書，都和《詩經今註今釋》一樣，「脫脫」都做緩慢解釋。那麼好了。既然「舒」也有緩慢的意思，慢了又慢，還不能觸動她的環珮，到底是做些什麼事情，不可以觸動環珮，還會讓狗叫了起來？

送隻獐子來，狗是會叫，不過，幹嘛要觸動她的環珮勒？

（嘿嘿……嘿嘿嘿嘿……）

不過，《毛詩序》說得很爆笑，大家一定要看一看，「野有死麕，惡無禮也。天下大亂，強暴相陵，遂成淫風，被文王之化，雖當亂世，猶惡無禮也。」

我只看到獵人打獐子送給懷春少女當禮物求愛，就是看不到「天下大亂」「強暴相陵」。能夠將《詩經》解釋得和原文一點關係也沒有，實在不簡單。

蝴蝶版註譯

野外有隻死獐子，用白茅包得好好的。有個美麗的少女懷春哪，帥哥獵人跑去誘拐她。

（鳥兒求愛的時候，會啣死蝗蟲給母鳥，沒想到人類也一樣……只是改成死獐子。）

林間有著小樹，野外有隻死鹿，用白茅草束捆得好好的，那美麗的少女就像美玉般的可愛溫潤哪。

（真奇怪，怎麼整個場景都在荒郊野外啊？那個死獐子應該送到家裡面，在外面轉來轉去做什麼？）

慢慢的你可不要急呀，不要弄得我的環珮都響了起來，弄得旁邊的狗兒叫。

（到底是啥慢慢的不要急？這個脫脫……那個脫脫……到底脫什麼？）

（看起來，場景還是在外面……嗯……果然「懷春」，外面比較溫暖。）

古詩今小說

這是很簡明的幽會詩，簡單的用幾句話，就將場景、人物、舉止，又高興又提心吊膽的心情描述無遺，讓人覺得《西廂記》那票子落落長不知道在廢話些什麼。

人心如一，古今相同。不管社會風氣是緊是鬆，少男少女奔放的感情都難以約束。古人雖然性的桎梏比較嚴格，十三、十四歲就成了親，幾乎是性成熟就有了性生活。現代人說是講究自由戀愛，看倌，從性成熟到能夠合法的擁有婚姻生活，起碼有十年以上的落差。這漫長的十多年居然得守身如玉，這……

誰不是從青少年開始的啊？這些大人與其板著臉，批評性教育造成社會敗壞，增加婚前性行為的亂象，不如好好的教這些青少年避孕，還有點效果。

「哼，就是有你們這種人～」當老師的表姊，滔滔不絕的開始數落，激動得臉上的眼鏡都會跳，「縱容得這些死小孩只會敗壞校規……妳要知道……」

聽她哇拉哇拉的罵個不停，一反常態的，我默默的吃著蘋果，隨便她跳跳叫叫。

說真格的，六歲的小鬼懂啥？偏生我的記性，是該記的不記得，不該記的，印象深刻。

那年表姊年方十六，和小男朋友在房間裡纏成一團，「小……小聲點……我……我爸爸……我爸爸在家……」表姊喘得像是得了氣喘病。

只想到書房拿本《小亨利》的我，站在門口呆掉了（畢竟那時還是天真可愛的小孩）。表姊一副心臟病即將爆發的樣子，關心表姊的我（雖然表姊只會對著我尖叫，「滾遠點！別碰我的錄音機！」），還是會擔心的張望。

若不是他們家養的西施狗蹭到他們身邊，被狠狠的踩了一腳，震天的哀叫聲把愛狗如命的姨丈引來，本來應該沒事的。

姨丈抱著狗，望望我，又望望表姊和她男友（真是神奇，兩個人的衣服馬上畢挺，正襟危坐的留出合理的距離）。

「怎麼回事？」姨丈吼了出來，「是誰欺負囝囝?!」

異口同聲的，「阿翠不小心踩到囝囝！」表姊又充滿歉疚的說，「阿翠不是故意的。」

「真的嗎？」姨丈對著我吼。鼻孔還噴著氣，襯著後面兩個抖衣而顫的青少年。

整個事情都很荒謬，忍不住笑了出來。外表凶狠的姨丈對兒童無邪的笑容沒輒，嘀嘀咕咕的去了，剩下兩個嚇得癱軟的少年情侶。

「囝囝……」嚼著蘋果，口齒不清的說，「表姊，妳們家以前養的西施……（嚼嚼嚼……）不是我踩到的。」

正義憤填膺，慷慨激烈的演講「關於世風敗壞，人心不古」以及「我們那時候之純潔高貴」的表姊，突然停下來。

「什麼？」

把蘋果嚥下去，「表姊，妳們家的囝囝，我從來沒有踩過牠。妳踩過嗎？還是那個誰誰誰……對不起，太久了，我忘了他姓啥……那個大哥哥，和妳在書房的大哥哥，踩過牠嗎？」

表姊的臉刷得慘白了起來，從此就不曾聽過她「淨化人心」的演講。

母親對於我這樣的乖離世道，很不以為然，「妳這孩子，怎麼喜歡滿口胡說？真不怕死啊妳們，世風日下……我們那個時候……」

「聽說我是早產兒？」正忙著翻資料，「哇嗚，六個月的早產兒，三千五百公克?!足月豈不是巨嬰一隻?!」

母親的臉一陣紅一陣白，煞是好看。

每個成人都曾經是熱血滔滔的青少年，只是長大起來，就會得了選擇性失憶。

我決定把兒子的避孕知識教好。我還沒有老年痴呆症。

正常版譯文

野外有隻死獐子，用白茅草包得好好的。美麗的少女正懷著春思蕩漾，俊俏的男子引誘著她。

林野裡有著小樹，野外有隻死鹿。用白茅草仔細的綑綁好，美麗的少女像是美玉般溫潤漂亮。

慢慢的不要急，不要觸動我的環珮，不要讓狗也叫了起來。

終風

選自《詩經》‧邶風

守著失去溫度的愛情

整天刮著狂風，雲層低矮著陰暗著。
希望他肯來探望探望我。
等了又等，沒說一句，真的就不來了。
我這無窮無盡的思念，什麼時候才能終止。

本文

終風且暴　顧我則笑　謔浪笑敖　中心是悼

終風且霾　惠然肯來　莫往莫來　悠悠我思

終風且曀　不日有曀　寤言不寐　願言則嚏

曀曀其陰　虺虺其雷　寤言不寐　願言則懷

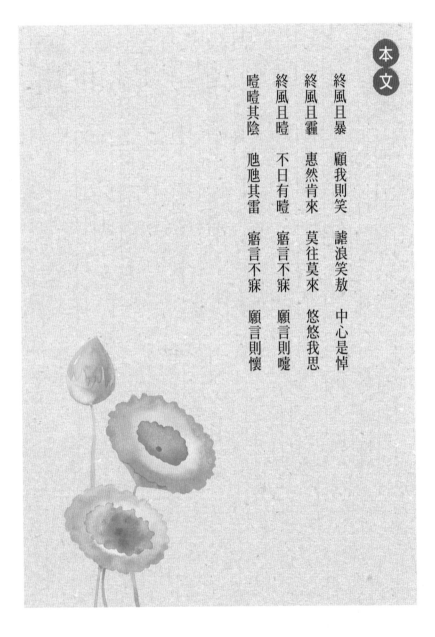

生辭註解

終風且暴：終，既。既有風而且狂暴。

顧：看。

敖：同傲，傲慢。

悼：傷痛。

霾：雲層低矮，大風捲起塵土。

惠然：希望，順從。

曀：曀，ㄧˋ，天陰又颳風的天氣。

不日有曀：沒有太陽只是昏暗一片。

寤言不寐：翻來翻去睡不著。

嚏：打噴嚏。朱子：「人氣感傷閉鬱，又為風霧所襲，則是有疾。」

虺：虺，ㄏㄨㄟˇ，雷聲。

懷：憂愁傷懷。

導讀

《詩經》許多描寫女子遭棄的心情，這篇是少有的「冷落」逼真寫照。「冷落」和「遺棄」是有分野的。遺棄是徹底的斷裂關係，雖然古代女子甚難獨立於家庭之外，不過，考究《詩經》的背景，會發現這些「碩人」（高大壯碩的美女）通常都還有謀生的本領（紡織、積麻、採集、農作、畜牧），遺棄通常不至於造成全面性的困境，反而有重新面對生活的希望。

然而冷落呢？在筆者看來，冷落對於女子的痛楚，比起塵埃落定的遺棄，要痛苦許多。

懸宕著，耽誤著。抱著一絲絲的希望，就往往會變成絕望。男子把被冷落的女子當成一件家具，就擱在觸手可及的地方，既不給關心，也不給自由。

這種囚籠，非常可怕。

這首詩的女子，被囚禁在《詩經》的邶風，就像在北方的陰霾中，不知道什麼時候才能解脫。

蝴蝶版註譯

整夜颳著大風，迴旋著狂暴的聲音，你的脾氣，也是這個樣子。發完脾氣，又馬上轉過頭來嘻笑。嘻皮笑臉，驕傲又喜怒無常（這個人看起來有人格分裂），真使我難過得不知所措。

（甩掉他！這種破爛男人，還跟著他的情緒起伏做啥？）

整天颳著狂風，雲層低矮著、陰暗著。希望他肯來探望探望我。等了又等，沒說一句，真的就不來了。我這無窮無盡的思念，什麼時候才能終止呢？

（女人哪……就是敗在愛情上面。）

整天颳著風，沒有陽光，就只有一片陰沉，就像是我的心哪。翻來覆去的睡不著，一想起來，心裡就陣陣酸楚，感懷得傷風噴嚏。

（整天靠在門邊等待，這樣颳個三天還不傷風，我要說妳是鐵打的。）

天氣陰沉哪，又昏暗成一片。悶悶的雷聲又迴響著。翻來覆去的睡不著，欲言又止，等到想說的時候，傷懷得無法自己。

古詩今小說

在筆者還青春年少的時候，曾經用「終風且暴」這標題寫過情致委婉的情書給前夫，希望挽回對方漸行漸遠的心。

截至攜子離家出走的前夕，發現流盡一夜眼淚寫的信，居然整封好好的，一點缺角也沒有，連開都沒開的丟在前夫的抽屜裡，我領悟到幾件事情。

第一、男人要變起心來，就算把心肝掏出，塗在紙上泣血，男人可能還嫌妳沒事浪費紙。

（的確。當時哭泣極甚，前夫還怪我用了太多衛生紙。）

第二、與其有時間寫給那個破爛男人，浪費自己的眼淚和真心，不如拿去換點稿費實在。

（真的把信拿去換，更生日報，共計三千五百零一元。）

第三、男人一直沒有進化。從「終風且暴」的春秋中葉到二十一世紀都快到眼前的現在，負心輕忽的表現，居然始終如一。

很慶幸的，我倒真的破除了這個牢籠走出來，不像這個悶悶的坐在《詩經》一隅，等待著丈夫回心轉意的無辜妻子，永遠的「莫往莫來，悠悠我思」。

換一個比較實在。

「萬一換一個還是這樣，那怎辦？」有人不滿的這樣問。

就再換一個。我相信，上帝品管男人的時候，品管做得比較差。不過，也不至於差到通通都是不良品。

總會遇到比較好的，女人要懂得捨，也要能等待。

正常版譯文

既颳著風而且非常狂暴，轉過頭來，又對我嘻皮笑臉。胡扯八道的吹牛個沒完，心裡真是傷痛呀。

風颳得天昏地暗，多希望你來探望我。結果居然不來了，我的思念，像是無窮盡的樣子。

整天颳著大風，沒有太陽又天氣陰沉。翻來覆去睡不著，想起來就會傷風噴嚏。

天氣陰沉而昏暗，雷聲悶悶的想起來，翻來覆去睡不著，一想起來還會痛傷懷呀。

靜女

選自《詩經》‧邶風

躲在城牆角的可愛姑娘

小姑娘從郊外放牧回家來了，
順手拔了茅草芽兒送給那個男生。
因為這是我親親的姑娘送的，
就算是一根草兒，
也是上好的。

本文

靜女其姝　俟我於城隅　愛而不見　搔首踟躕
靜女其孌　貽我彤管　彤管有煒　說懌女美
自牧歸荑　洵美且異　匪女之為美　美人之貽

生辭註解

靜女：嫻淑美麗的女子。
姝：姝，ㄕㄨ，美好。
俟：相候。
城隅：城牆角。
愛：同僾，躲藏。
搔首：抓頭。
踟躕：徘徊。
孌：孌，ㄌㄩㄢˇ，美好的樣子。
貽：送。
彤管：此眾說紛紜。彤，紅色。管，有說為簫管或笛，有說盛裝針線的盒子。採針線盒之解。

煒：煒，ㄨㄟˇ，輝煌有光彩的樣子。

說懌：說，同「悅」。懌，ㄧˋ，喜歡。有雙關語之意，既喜歡「彤管」，又喜愛女子的溫柔嫻淑。

自牧歸荑：牧場，野外。歸，ㄎㄨㄟˋ，贈送。荑，茅草芽。

洵：洵，ㄒㄩㄣˊ，實在。

匪：不是，非也。

導讀

查一下字典，會發現這是首爆笑的青春愛情喜劇。

將女孩子俏皮而可愛的狡黠，描寫得非常透澈。害怕讀《詩經》的人，應該好好的將這首仔細讀一讀。等將整首詩的解釋弄清楚了，會發現古時候的人講話並不咬舌頭，所謂「人心不古」，有些時候是正確的。

愛情始終如一，不分古今。

不管是哪個時代的戀愛男女，天性都帶著強烈的嬌憨。對於人類，總算不至於全面性的絕望。

蝴蝶版註譯

那個賢淑（？）的姑娘，跟男生相約在城角，奇怪，她哪去啦（化妝也不用那麼久吧）？這個可憐的男生，急得抓抓頭，走來又走去（快把地面走出溝了）。那個女生勒？

偷偷躲了起來，看著那個男生急得像熱鍋上的螞蟻一樣。（搞不好在偷笑，哪一點像靜女啊??皮成這個樣子。口年的男生啊……）

好不容易出現了（搞不好跳出來「哇」的一聲大叫，把那男生嚇個半死），看著正在冒煙的男生，她小姐笑嘻嘻的拿出一個紅色的針線盒，送給了他（紅色？針線盒？送男生？這……），那傻瓜男生還拚命誇獎針線盒漂亮（有煒）。（男生要針線盒幹嘛??）

哎唷，因為送的人是我心愛的漂漂的姑娘呀！

大小姐從郊外放牧回家來時，順手拔了茅草的嫩芽兒送給那個呆呆的男生（我知道那是可以吃啦……可是……不送花啦……可愛的小石子啦……果實啦……送茅草芽兒？幹嘛？當男生是被放牧的牛還羊呀？），那鍋男生勒？生氣？不不不……他還直說別致得不得了，心裡還想，不是茅草芽多希罕啦，因為這是我親親的姑娘送的，就算是一根草兒，也是上好的。

古詩今小說

這可不是超爆笑的青春愛情喜劇？

不過勒，時空流轉，幾千年過去了，人類在愛情上，一點進步都沒有。

上個星期天搭火車，坐在一對小情侶的附近。

男生：「哇～好可愛，真的很適合妳。」

女生：「可愛吧？人家買了兩個。」（翻書包）

男生：「要送我？」

女生：「對呀！不送你，人家還能送誰嘛！」

男生：「……（感動得說不出話），我好喜歡，好高興喔。」

女生：「人家最愛你了。」

男生：「我也最愛你了。」

我實在按捺不住好奇心，伸長脖子看了一下（發現一大堆同車的長頸鹿），他們的掌心躺著……

兩塊史奴比形狀的橡皮擦。

相信我，我不是唯一憋笑憋到內傷的人。

三千年前的針線盒和茅草芽，三千年後的橡皮擦……

一脈相傳之。

嘿嘿……嘿嘿嘿……

冷笑著回到家裡，正好相戀了兩年的他抓著一把蘭花，雖然是人造花，花瓣上面鑲著幾可亂真的人工露珠，雖然剛過三十二歲的生日，還是像個少女一般的臉紅了起來。

「喜歡嗎？」向來以「宇宙無敵天下無雙世間第一」節儉著稱的他，有些不好意思的問。

「當然。」咬著下唇，低頭踢踢椅腳，「太喜歡了……很貴吧？」

「我媽做家庭代工多的……跟她買，不會很貴……」

「嗯……」陶醉在愛情的粉紅色甜蜜中，我靠在他的身上，溫馴的一動也不動。

等晚上洗過澡，看到那把蘭花，突然清醒了過來。忍不住狂笑，嚇到看電視的室友。

當我譏笑別人的史奴比時，我的蘭花勒？

愛情進化的空間果然有限得很哪。

正常版譯文

嫻淑美麗的姑娘那樣可愛，和我約定在城牆角見面。卻偏偏躲藏起來，讓我在那裡焦急得抓著頭皮，走來走去的等待。

嫻淑美麗的姑娘那樣美好，送給我紅色的針線盒。紅針線盒輝煌有光彩，喜愛它的美好，就像喜歡可愛的妳一般。

從野外放牧回來，送了我茅草芽兒。實在美麗而希罕，不是因為茅草芽兒怎樣的漂亮，因為是美麗的妳給我的，所以我才這樣珍視呢。

木瓜

選自《詩經》．衛風

將妳的甜蜜投到我懷裡

親愛的妳，將豐美的木瓜投到我懷裡，
黑黝高貴的寶石不給妳要給誰呢？
親愛的妳，這不是拿來交換妳的愛情，
只是想要和妳在一起，永遠不分離。

本文

投我以木瓜　報之以瓊琚　匪報也　永以為好也

投我以木桃　報之以瓊瑤　匪報也　永以為好也

投我以木李　報之以瓊玖　匪報也　永以為好也

生辭註解

木瓜：水果名。

瓊琚：琚，ㄐㄩ。同瓊瑤，美玉。

匪：同非。

瓊玖：黑色的美麗玉石。

導讀

詩歌常喜歡用相近的詞句，一層一層的加強，一方面讓音韻之美發揮到淋漓盡致（畢竟詩歌的原始功能得配上曲調音樂才完整），一方面用重複而相似的詞句，很容易營造出印象派重疊迂迴的美感。〈桃夭〉就用了這樣的技巧，用桃花、桃實、桃葉譬喻碩美的女子，極具音韻之美。

這樣的特性不是只有《詩經》獨具。綿延幾千年，不論唐詩宋詞，譬如漢樂府〈江南〉：

「江南可採蓮　蓮葉何田田　魚戲蓮葉間
魚戲蓮葉東　魚戲蓮葉西　魚戲蓮葉南　魚戲蓮葉北」

用近似的詞句扣出場景，鮮活的跳脫出動態感。

譬如李清照的〈聲聲慢〉：

「尋尋覓覓　冷冷清清　淒淒慘慘戚戚」，幾句相近的疊字營造出淒楚莫名的情緒，無法抑止。

連現在的流行歌曲，也很喜歡這樣的技巧：

〈想〉 作詞：陳珊妮 作曲：陳珊妮

路很長　長到讓你有點想
心很慌　慌到讓我有點想
燈點不亮　暗到看不出彼此怎麼想
人在異鄉　難免胡思亂想

當你在KTV吼得很過癮的時候，想想我們的老祖宗們，也在野外，紅男綠女的來往答唱，照樣也吼得很過癮，就會覺得身上中華的血統，一脈相傳得很溫暖熱血。

蝴蝶版註譯

把木瓜投到我懷裡（寶貝，妳是暗示啥？木瓜……天阿～起碼也F罩杯……人生真是太美好了……），趕緊把美玉首飾雙手奉獻上去。喔，寶貝，不是拿來跟妳交換買賣（妳要相信我對F罩杯的一片真心……咳，對妳的一片真心……），只想和妳永遠和好在一起。

把桃子丟到我懷裡（喔，親愛的，暗示妳甜蜜如水蜜桃～我真是個幸福的人兒～），趕緊把漂亮的環珮寶玉獻上。喔，可愛的姑娘，不要說這樣的禮物厚薄懸殊，我只是想跟妳永遠在一起（地老天荒，海枯石爛呀～）。

把李子丟到我懷裡（天阿～這樣的暗示害我流鼻血……），黑黝高貴的寶石不給妳要給誰呢？親愛的妳，這不是拿來交換妳的愛情（順便擦一下口水），只是想要和妳在一起，永遠不要分開。

（超浪漫的，希望可以五十年不變，嘻嘻……）

古詩今小說

這首詩的音韻之美可比〈桃夭〉，但是意境上，卻更接近〈靜女〉。

《詩經》的時代背景下，去古未遠，女子仍然有比較大的擇偶空間，春郊之上，男女往來，看中那個男子，女生就可以丟個水果（當然不方便丟榴槤，幸好南洋不時興這套，當時醫藥又不發達）暗許芳心。男子若接受了少女的定情，自然就回贈些禮物，在當時，玉石就成了最流行的回禮。

（現在稍有能力的都送鑽石，好歹都是石頭，可見頗有古風。）

後雖因父系社會桎梏日緊，漢民族這種風俗被泯滅殆盡，連〈靜女〉這樣天真無邪的約會都被《朱集傳》說成「此淫奔期會之詩」，但邊疆如苗民卻保留了「跳月」這樣的往來，也算是「禮失求諸野」了。

現在呢？想看「投木瓜」還不簡單，隨便找個聯誼烤肉看看就得了。

話說筆者的妹子都一把年紀了，和大學生那種聯誼可說八竿子打不著，有回欠個掌爐的烤肉手，學妹說好說歹硬把學姊凹去當苦力。

星期天在家傷春悲秋，不如出門讓人奴役一番，也饒有樂趣，懶懶的，她大姊看在「烤肉隨妳吃」的份上，去了。

冷眼相看，這才恍然學妹幹嘛死活拖著她來。一看到比較平頭整臉的男生，真是集體發出恐怖的鬥氣。先說先贏？哪有這回事，先下手還不見得為強呢。

找年紀老大的學姊掌爐，一來有人烤肉，忙著勾心鬥角的同學不至於餓死，二來又不怕有眼睛糊到蛤仔肉的帥哥，跑去把「成熟有智慧」的學姊。

她邊烤邊吃邊應付其他心不在焉的索食學妹，倒也其樂融融。

冷不妨，一片冰透了的木瓜湊了過來，被眾多學妹下了記號的帥哥學弟笑盈盈的，「學姊，吃點水果，要不吃太多烤肉，上火。」

懶洋洋的看了他一眼，「謝了，可惜沒有瓊琚送你。」

「有呀，」學弟說得很自然，「學姊不就叫做『美玉』嗎？」

半埋在果肉的學姊抬起頭，眼睛瞪得極大。帥哥學弟笑得像太陽般燦爛，「學姊在校的時候，我就喜歡學姊很久了……」

後來？沒有什麼後來。他們的喜餅剛送到，大約下個月結完婚，就會一起到大陸去打理某公司的大陸分駐。

我準備送一對木瓜當賀禮，連紅包都準備省下來。

正常版譯文

送給我木瓜，回送美玉給心愛的妳。不是說拿來交換什麼，只是希望和妳永遠美好的在一起。

送給我木桃，回送玉佩給心愛的妳。不是說要跟妳交換什麼，只希望這樣的美好可以永遠延續下去。

送給我木李，回送黑玉給心愛的妳。不是說想要妳有什麼回報，只是希望和妳能夠相愛的攜手下去。

采葛

選自《詩經》．王風

妳的身影就是我的良藥

採著蕭草的美麗少女呀，
一天看不見妳，就好像三個秋天見不著妳，
日裡夜裡都是秋風蕭瑟的寂寥。

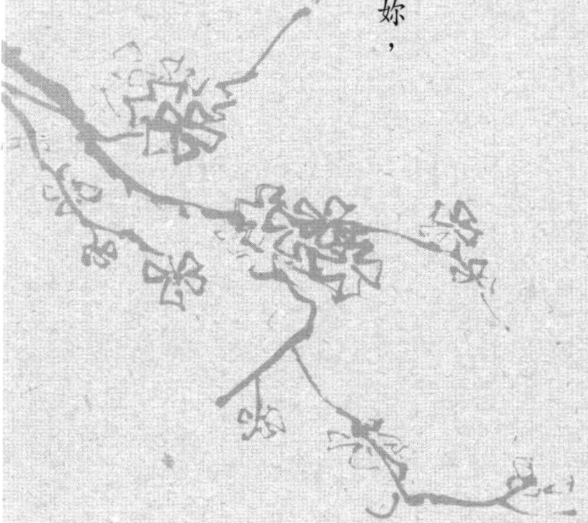

本文

彼采葛兮　一日不見　如三月兮
彼采蕭兮　一日不見　如三秋兮
彼采艾兮　一日不見　如三歲兮

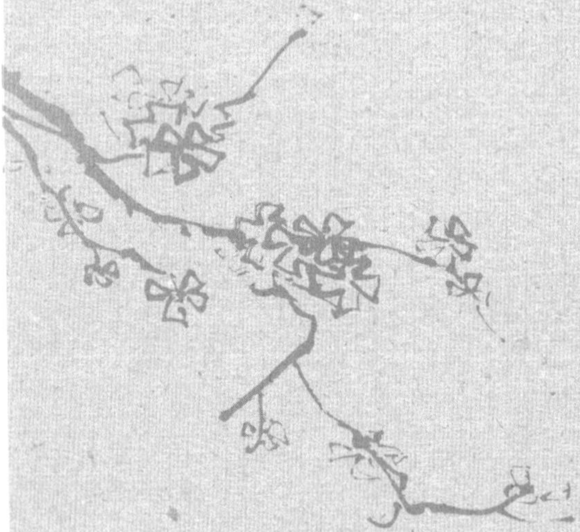

生辭註解

采：同採。

葛：草名。葛，可織衣。

兮：語助詞，相當「呀」。

蕭：草名。一種香草，即艾蒿。《說文解字》：「蕭，艾蒿也。」

三秋：秋，意思如季節。三秋，指得是三季。

艾：藥草名，可療疾。

導讀

相思這個題材，最常用的成語大約是「一日不見，如隔三秋。」幾乎已經被用到氾濫了，不管是小說、詩詞，甚至是情書大全這類的「工具書」，簡直多到不可計數。

但是這個成語的源頭，卻沒有幾個人知道出自於《詩經》，就在〈採葛〉這篇。

若不仔細推敲，很容易被唬過去，沒法子領略當中細微的變化。

「葛」、「蕭」、「艾」雖然都是草名，代表的意思就各不相同。

葛草的纖維可以織布，蕭草可熏香，艾草能夠入藥治病。這三種草代表三種聯想狀態：葛布的衣裳（視覺），香氣（嗅覺），因相思成疾所需要的藥草（心理狀況）。和〈子衿〉裡的「青青子衿」睹物思人的用法有相類似的地方。

在最細微的改變裡，涵蓋著最深遠的意思，與其狂抄「情書大全」，不如仔細讀讀《詩經》，將來抄起來，也覺得比較有點墨水可唬美眉。

蝴蝶版註譯

那個採葛草，穿著葛布衣裳的美麗姑娘呀，一天看不到妳，我怎麼覺得好像三個月那麼漫長呢？

（連路上穿著葛布衣裳的姑娘，看起來都和妳相似，卻又偏偏都不是妳哪。）

採著蕭草，準備回家熏香的美少女呀，一天看不見妳，就好像三個秋天見不著妳，日裡夜裡都是秋風蕭瑟的寂寥……

（飄盪的香氣雖然都一樣，和妳不相同的人兒，只會讓我更想念妳哪。）

採著艾草，可以療疾的少女呀，（妳就是我的艾草，就是我的藥……）若是一天沒有妳的蹤跡，就好像三年裡苦苦煎熬，相思病怎麼都醫不好呀。

（說著說著，我的眼前又黑了……）

（果然病入膏肓，該抬去種了……）

古詩今小說

紅藕香殘玉簟秋

輕解羅裳　獨上蘭舟

雲中誰寄錦書來

雁字回時　月滿西樓

花自飄零水自流

一種相思　兩處閑愁

此情無計可消除
纔下眉頭　卻上心頭
——李清照〈一翦梅〉

關於相思的小說和詩詞很多，幾乎想要表達愛情的考驗，不免就得把「相思」拿出來當當大考驗的題目。

詩詞裡的相思當然很迷人淒美，若是肉身去捱受可不是啥好樣的滋味。

話說某站妖冶浪蕩的性版版主和筆者有過命的交情，這個性版版主蔡大姊在外頗有豔名，據說她強到能夠「後空翻轉體三圈一桿進洞毒龍鑽」（問她，她笑到椅子翻覆），結果某個機緣巧合下，發現她用別個名字，在愛情版寫幽怨的情書。

啥？那個老說「男人是廢物、破爛、窩囊廢、白痴、智障」的大女人沙文主義者，居然也會寫幽怨的情書!!

「廢話！我也是女人呀！」她頗為生氣，「男朋友當兵去，我當然會很失落，相思成疾哪！」

斜著眼睛看她，覺得她似乎變胖了些。

「得不到愛情的滋潤，當然會變胖。」惡狠狠的，「有意見？」

我哪敢？命還要呢。

結果，跌破許多人的眼鏡，她不但乖乖的辭去性版版主，乖乖的洗淨鉛華，乖乖的工作，也不再像以前那樣花蝴蝶似的亂飛桃花。

有回將近一個月小倆口沒見面，她到我家喝茶，不見她像手下寫得哀怨，還不是笑嘻嘻，拿她家男人說笑話，講八卦。

聊著聊著，兩個人睡著了。

朦朦朧朧的醒過來，看見她倚著窗沿，手裡的《女詞人李清照》胡亂的攤開，輕輕的唱著〈盛夏的果實〉。

時間累積　這剩下的果實　回憶裡愛情的香氣

我以為不露痕跡　思念卻滿溢　或許這代表我的心

……

如果你會夢見我　請你再抱緊我

等她回去了，翻開《李清照》，上面有著未乾的水漬，就落在〈一翦梅〉上面。

我猜想是鹹的，那水漬。

正常版譯文

那個採葛草的女郎呀，一天看不到她，就好像三個月那麼久啊～
那個採蕭草的女郎呀，一天看不見她，就好像三個季節那麼久啊～
那個採艾草的女郎呀，一天見不著她，就好像三年那麼久啊～

丘中有麻

選自《詩經》・王風

等著妳，就是等著妳

小山丘上頭有青青的麻田，
有個叫子嗟的男人躲在那兒等著我，
喂，你現在可以慢慢的走過來啦。

本文

丘中有麻　彼留子嗟　彼留子嗟　將其來施施

丘中有麥　彼留子國　彼留子國　將其來食

丘中有李　彼留之子　彼留之子　貽我佩玖

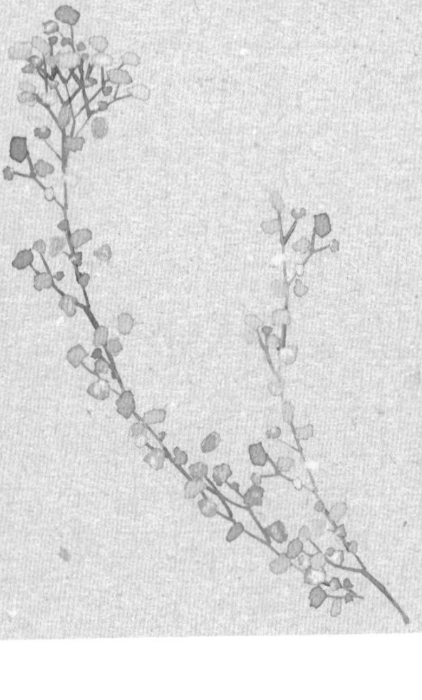

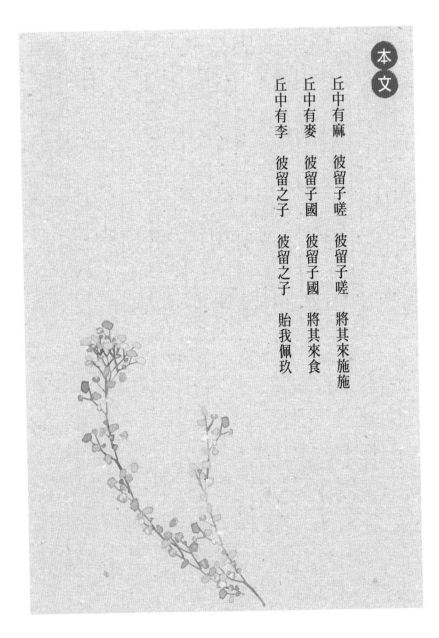

生辭註解

麻：種麻之田。

子嗟：男子名。

留：停留，躲。

施施：施，ㄧ，慢慢。

麥：麥田。

子國：男子名。

李：李子園。

之子：那個男人，子，男子的通稱。

貽：贈送。

玖：黑色的美麗玉石。

導讀

把遍天下美女是男人不可宣諸於口的祕密。

要不老夫子就不會在那兒搖頭嘆息，「吾未見好德，如好色者也。」真的要好色，也非得在傳宗接代這種大帽子底下納些妾室，就算是逛逛窯子，也得偷偷摸摸。表面上，男人是很聽老夫子的話的。

男人不安於室，通常是基因在作祟。不過這一段論述，已經有《自私的基因》和《精子戰爭》描述得非常詳細，在此不表，不過，相同於將自己優良基因散布出去的願望，女人不因為她的性別就會減低一些些。

只不過幾千年來的「馴養」，讓女人硬生生的把活潑的天性全悶死了，故意將女人的道德觀調得高不可及（最糟的是，連女人自己都相信了），這種因性別產生的不同道德標準，才是真正的「不道德」。

不過，浪漫的先民，倒是很無邪的將這種單純的女人願望，寫得非常趣致。

哪個女人不希望自己裙角，也拜倒一狗票的愛慕者？

蝴蝶版註譯

小山丘上頭有青青的麻田（嘖，麻田的葉子是會割人的），有個叫子嗟的男人躲在那兒等著我。喂，躲著的子嗟，你現在可以慢慢的走過來啦。

（這聽起來像是防空警報解除的樣子，莫非這姑娘是約了一卡車人，配置到不同的場地？居然時間、空間調度得宜又不出差錯，真乃女中情場高手也。）

小山丘上頭有著密密的麥田（麥芒會叫人發癢說，女主角真會折騰人），有個叫子國的男人躲在那邊等著我。喂，子國哪，不用躲了，趕緊過來吃點東西吧。

（這個叫子國的更可憐了，恐怕躲得太久，不知道餓了多少頓，才能從躲著的地方出來……）

小山丘上有李子園（這種地方，毒蚊子最多了），有個男人躲在李子園裡頭（這個更妙了，追求者的名字她乾脆忘了），那個躲在李子園的男人，不但沒有怨怒我，反而送了黝黑高貴的玉石給我呢。

（居然在這樣惡劣的環境下，沒人抱怨？這真是太強了～）

古詩今小說

人類是種麻煩的動物。若是事事都用基因來解釋，當然可以解釋為保護自己的基因延續，必須用「占有欲」來確定自己的血緣的唯一性。糟糕的是，人類還有社會觀和愛情觀，這些強大的後天學習和心理層次，往往蓋過基因本能多多。

（沒錯，筆者剛看完《自私的基因》，所以廢話特別多。）

同時交幾個男朋友或女朋友，其實也沒什麼不對的地方，只是這種腳踏多條船的行為，往往搞個不好，就會翻船。

就像某黃小姐。說起她的豐功偉業，男友名單可以印上十幾張報表紙，刷的一聲可以綿延於地那麼長。更厲害的是，她可以讓幾個男友永遠老死不相往來，到分手前都不曉得黃小姐另外還交了多少男朋友。

「唉呀，大家都是大人了，流連花叢間總該知道遊戲規則，」她總是笑笑的喝著玫瑰茶，「只是裝作不知道而已。」

有陣子她成為我的室友，在家約會別吵到我就成了。放心，我有選擇性失明這種毛病，從來沒看過副總、處長、ＩＴ的帥哥工程師來過家裡。

不過，總有排行程排出毛病的時候。有回慌慌張張的，她將個男人塞到我房間。

「阿翠，這個帥哥陪妳聊天……」抬頭一看，是隔壁公司的帥哥。

「我不要帥哥，趕稿趕得要死，我……」

她美麗的臉龐慘白，「妳一定要！他們公司的老闆就要上來了呀～」

老闆？我跟帥哥望了一眼。帥哥笑笑，「這種事情偶爾會有，黃又是這樣的漂亮。」

看得開就好。「你喜歡看漫畫還是小說？會不會玩PS？」我嘆了口氣。

帥哥倒是乖乖的在我身後玩「惡靈古堡」，一直到老闆離開，還沒辦法把他從PS的身邊拖開。

後來？後來我認識了一卡車兄弟，通通是黃塞到我房間來的避難者。

有時她太忙了，會同時塞三個以上的男人進來，我小小的斗室，好不熱鬧。不用人家招呼，自己就聊得很愉快。就算黃不在家，他們也會來玩PS，看漫畫小說，來煮咖啡，煮火鍋，交了新女朋友，也記得帶來玩。

她倒是不在乎，常說舊的不去，新的不來。

剛好一起住的王君女友名單也不比她短，兩個人倒是相處得很融洽。

有時徹夜趕稿，眼冒金星的才睡下，就聽到黃和王輕手輕腳的開門進來，「小聲些，阿翠似乎剛睡。」

「也這麼晚哪？真的是早點回來，吃完早點才回來。」

兩個人發出同謀的竊笑聲，小心的回自己房間。累成趴趴熊的我根本沒力氣數落他們，翻倒昏睡過去。

相處融洽當然是好事，但是兩個人漸漸的不帶人回家，問起來都是：「年紀大了，懶得動了。」

雖然很疑惑（他們不是永遠的二十五歲嗎），不過兩個人都很勤快的煮些吃的喝的，我也樂得大吃大喝，沒打算追究。

那陣子，我們家常呈現肥滿狀態。黃的男友和前男友群，王的女友和前女友群，幸好我不帶人回家，不然三路人馬，我們這個三十坪大的小房子，大約壓也壓垮地板了。

後來黃和王搬走了，家裡才稍微安靜了些。稍微。

我還是常常半夜接到如泣如訴的男生或女生問，「黃小姐和王君真的結婚了？他們怎麼會幸福呢？」

你問我，我豈不要去擲茭？

不過，花花公子和花花公主還是有幸福的權利哪。起碼他們現在很幸福。

正常版譯文

小丘陵上有麻田，那個叫做「子嗟」的男人就躲在裡面。那在麻田等待的子嗟，對著我慢慢的走過來。

小丘陵上有麥田，那個叫做「子國」的男人就躲在裡面，那在麥田等待的子國，趕緊過來吃點東西吧。

小丘陵上有李子園，有個男子躲在李子園裡面，在李子園等待的男子，送給我一塊黑色玉石做成的首飾。

女曰雞鳴

選自《詩經》·鄭風

只想和你永遠在一起

希望一輩子和你到老。
就像是彈琴鼓瑟般音韻和諧，
安靜愉快的在一起，
這就是人家唯一的心願。

本文

女曰雞鳴　士曰昧旦　子興視夜　明星有爛

將翱將翔　弋鳧與鴈　弋言加之　與子宜之

宜言飲酒　與子偕老　琴瑟在御　莫不靜好

知子之來之　雜佩以贈之

知子之順之　雜佩以問之

知子之好之　雜佩以報之

生辭註解

昧旦：天將亮未亮的樣子。
興：起床。
明星有爛：明星，指金星，有爛，燦爛明亮貌。
弋：繳射。箭繫上繩索而射。
鳧：鳧，ㄈㄨˊ，水鴨。
鴈：鴈，ㄧㄢˋ，水鳥名。
言：「弋言」中的「言」，與「宜言」中的「言」都是語助詞的意思。
加：射中。
宜：動詞，烹調。
御：彈奏。
靜好：平靜順好。

來：體貼。

雜佩：許多種類的美玉交織在一起的佩環。

順：柔順。

問：慰問。

好：喜愛。

報：回報。

導讀

《詩經》頗多描寫夫妻之情的篇幅，不過，這篇〈女曰雞鳴〉倒是雋永的表現出淡然卻極其相愛的的情感。

題材也很別致的，由兩個人的對話來表現，打破詩詞通常是個人獨白的慣例，經過精簡的對話，就能夠了解兩人的關係、丈夫的職業、時間以及愛情。

有人說，婚姻是愛情的墳墓，也有人認為柴米油鹽醬醋茶才是真正的愛情殺手，不過從〈女曰雞鳴〉裡頭，看到了另外一個典範。

非關鮮花，也沒有花前月下，就只是平凡人的謀生和愛情。或許，這樣的愛情才值得羨慕。

蝴蝶版註譯

老婆說：「起床了，老公～雞都開始叫了～」（一面撒嬌著）

老公說：「哎唷，還早勒，天都還沒全亮勒～」（一面往被子裡頭鑽，順便把老婆摟緊一點，貪戀著老婆滑膩的頸項，淡淡的香氣）

老婆也愛嬌著說，「起來看看嘛～啟明星都出來了，也快天亮了ㄟ。」（看著星光燦爛，心滿意足的偎在老公的臂彎）

摟著老婆，抬頭看看天上的星星，「哎呀，真的呢。沙洲上的大雁和水鴨子就要出來啦，現在打獵牠們正是時候。我的弓箭呢？我的獵具呢？現在就得趕緊出發囉。」

「等你打到了大雁和水鴨子，我就幫你煮得香噴噴的。煮好了，就陪你一起喝酒。」老婆的臉頰紅撲撲地，依舊依偎在老公的懷裡（就是說咩，酒家女會比老婆好咩？就不懂男人怎麼都喜歡啃化妝品。野花臉上的粉底應當以斤計算，那麼喜歡，何不直接買ＳＫⅡ直接靜脈注射？要拿來喝也行，說不定還有養顏美容的效果），「希望一輩子和你到老。就像是彈琴鼓瑟般音韻和諧（好浪漫～似乎常常一起合奏說～），安靜愉快的在一起，這就是人家唯一的心願咩。」

「我就知道老婆最體貼我了，」老公也抱緊她，「所以，瞧，這個環珮喜不喜歡？也不知道要怎樣表達我的感激（黝黑的獵戶也紅了臉），只好送這給妳。」

抬頭望著星光燦爛的天空，覺得能和自己妻子這樣幸福和順的生活在一起，真是太美好了。

「我一直都很知道，妳很順著我，就算我的牛脾氣發作，妳也總是溫柔順從的跟著我這粗人。也沒啥可以給妳的，只好送個玉佩給妳，平常若是讓妳生氣落淚了，多擔待著點。」

獵戶生涯，總是起起落落。有時天時不正，打不到獵物，就得看著妻子陪他吃苦。

「我也很明白，妳真是愛我愛極了（說到這，他的臉又紅了。就是不敢直說愛著老婆），咳……妳也知道的嘛……我也……咳……沒什麼可以回報的。這麼一點小小的心意，就不用推辭了……」

古詩今小說

草野的愛情，反而令人羨慕。

或許物質生活的貧乏，反而讓愛情的外在因素減少了，這種純粹和不受干擾，人類總是刻刻時時的追求，雖然求到的不多。

有個朋友外貌俊美，文筆又好，不少女人垂青於他，有時大膽的倒追，讓他不勝其擾。

「女人到底愛我什麼？」一搥桌子，害滿桌子上的東西全位移一公分跳起來，「如果我變醜了，出手不再闊綽了，她們還會愛我嗎？」

「別嫌了，市場原則麼……」我低頭忙著趕稿，看著截稿日已經過了，緊張的擦一擦汗。

他俊美的臉皺緊，就像個漂亮的包子，「我討厭這種市場原則。」靜了半晌，「我羨慕妳，阿翠。」

啊？趕稿的人大腦神經傳導比較慢，等我聽懂，人家已經飄然遠去了。

羨慕我？年過三十，幼兒兩名，失婚多年的貧窮中年婦人？無財無勢無依無靠，連女人基本的美貌身材都沒有的我？

《女誡》有言：「婦德、婦言、婦容、婦工。」有點小聰明，老抓前夫的小辮子，婦言就不合格了，婦德是一點都沒有（居然敢不忍耐尋花問柳外帶花柳纏身的前夫，害小孩子的家庭破碎掉了，有哪一丁點婦德），婦容休再提起（省得丟臉。七月可以提供照片代替鍾馗貼在廁所門口，準保一家大小平安），離婚以後，連飯都不煮了，還婦個啥子工？

過沒幾天，我家美豔的妹子，也充滿欣羨的說，「姊，我羨慕妳。」

（頭殼壞掉是集體性的傳染病嗎？）

「為什麼？妳跟妳男人又出了什麼問題？」

「沒。」她托著香腮，翦水秋瞳望著前方的虛無，「我只是覺得，我的愛情很不純粹，很不穩固……」

狐疑的看她一眼，神經病，她男人寵她寵上天了，現在發什麼神經？

「我當然知道他愛我啦。」無精打采的，「因為我年輕又漂亮，還有34C的『驕傲』。」

哇勒～

「但是，年輕和美麗都會隨歲月消逝。消逝那一天，是不是愛情也就沒有了？」

呃……這問題的答案太長了，恐怕一生的時間都回答不完哩。

「我羨慕妳。什麼都沒有的情形下，妳還擁有自己的愛情……」

「妳錯了。」我打斷她，「雖然沒有美貌和身材，也沒有身家給人家貪圖，我還有一個聰明的大腦，和反射性搞笑的天分，而且，我還有36 D的海咪咪勒。」

在她還沒笑到斷氣前，未來妹夫的電鈴聲解救了她。

望著那對璧人離開，容貌年齡財富，幾乎樣樣都是人中龍鳳，但是，這些帥哥美女羨慕我。

就好像深宮后妃讀著《詩經》的〈女曰雞鳴〉，會有一時半刻的失神和感傷，突然羨慕起獵戶夫妻有一餐沒一餐的苦日子吧。

糟糕，我都羨慕起自己來了。

繼續趕稿中，唇角帶著感恩的笑意。上天即使給我一條荊棘碎琉璃道，迫我赤腳走過荒野，卻也不忘沿途栽種玫瑰，讓我聞著愛情的香氣前行。

「女曰雞鳴，士曰昧旦……」

正常版譯文

女子說：「雞在叫了。」男子說：「還早呢，天還沒亮。」

「你起來看看，金星都在天空燦爛著呢。」

「水鴨和大鴈就要飛起來了，我得趕緊去射獵。」

「等你射到了獵物，我就幫你烹調。烹調好了，就陪你一起喝酒。希望能和你一起到老，就像琴與瑟般和諧，平靜順好的在一起。」

「知道妳對我這樣的體貼，所以拿各式美玉交織的佩環來送給妳。知道妳對我這樣的柔順，所以拿美麗的環珮來體貼妳。知道妳對我這樣的愛意，所以拿交織美玉的佩環來報答妳。」

山有扶蘇

選自《詩經》・鄭風

怎麼又是你

山上長著偉偉的扶蘇樹，
水裡頭有著美麗的荷花。
怎麼瞧不見我家的帥哥，
來的卻是你這小鬼哪？

本文

山有扶蘇　隰有荷華　不見子都　乃見狂且

山有橋松　隰有游龍　不見子充　乃見狡童

生辭註解

扶蘇：木名。

隰：隰，ㄒㄧˊ，低濕的地方。

荷華：荷花，即蓮。

子都：古美男子名，子充亦作此解。

狂且：狂拙之人。且，ㄐㄩ。

橋松：橋，通喬。木名。

游龍：水草名。

狡童：狡獪的童子。

導讀

〈山有扶蘇〉有兩種解釋，有說女子相約的人沒來，反而討厭鬼糾纏不休，也有說少女同時約了兩個心上人，卻故意叫他們「狂且」、「狡童」。

經過比較語氣和版本以後，筆者取後者的說法。畢竟扶蘇、荷華、橋松、游龍的譬喻都屬於明亮活潑的氛圍，不太可能用忿恨的語氣來描述悅目的景色，反而應該屬於慧黠狡獪的少女口吻。

就好像有人流行嬌俏的喊自己的老公「死鬼」一樣。

所以，在此取後者的解釋，少女的頑皮，不管是幾千年，一點改變都不會有的。

蝴蝶版註譯

山上長著偉偉的扶蘇樹，水裡頭有著美麗的荷花。這樣優美俊逸的景色，就像要跟我約會的人兒。怎麼瞧不見我家的帥哥子都，卻換成你這討厭的狂妄沙豬呀？

（可憐被約來的傢伙，大約會跳腳的喊，我就是子都呀！妳呀……）

山上長著亭亭的喬松，水裡頭有著悠游的游龍草。這樣偉岸俊秀的景致，就像我要約會的人兒。怎麼我家的帥哥子充看不見，卻換成你這狡獪的小鬼呀？

（另一個可憐的傢伙，大約馬上會暴跳起來，我就是子充！誰說我是小鬼呀！）

古詩今小說

這首詩和〈靜女〉的慧黠略有不同。〈靜女〉中的少女，一派天真無邪，躲起來嚇自己情人的作為，就像十一、二歲的小女孩（不用罵我變態，色情狂，連小女孩都拿來胡扯，茱麗葉戀愛的時候才十四歲，古中國的女孩子十四歲就可以嫁了），帶著天真可喜的嬌憨；而〈山有扶蘇〉裡的女子，伶牙俐齒的態度，可想見年紀應該大一點，約莫十五、六歲，用著鋒利的玩笑，讓赴約的人覺得又好氣又好笑，又離不開這樣聰慧的女子。

其實，喜歡捉弄自己心愛的人，不分男女，算是本能之一。小學的時候，臭男生有多喜歡弄哭這小女生，就有多喜歡這小女孩。

許多青梅竹馬的交情，就是在打打鬧鬧互相捉弄中萌芽的。

話說筆者的小學同學，有對永遠的班長和副班長。班長這個男孩子，從小對任何人都謙恭有禮，一派好學生的樣子。副班長雖然活潑好動，偶爾會跟欺負女生的臭男生動上手，卻也不隨便生事。

說也奇怪，他們倆從二年級就一起當上了班長和副班長，兩個人就幾乎都在吵架狀態。班長唯一會大聲的人，就只有副班長，雖然副班長聲音比他大多了。

總以為他會是一輩子的仇人和敵手（兩個見面就「笨女人」、「神經病」的叫來叫去，別班都說我們是「杜鵑窩班」），沒想到，事隔二十年，他們居然聯手辦了一次同學會，順便請大家吃紅蛋。

吃紅蛋ㄟ～他們居然等班長服完兵役就結婚了！結婚居然不是奉兒女之命，還足足撐了五、六年才生小孩！

大家目瞪口呆之餘，出席分外踴躍，只見剛坐完月子的副班長還是開口就叫，「神經病！過來！李子文來了，你們不是好久不見了？」

班長也回答，「笨女人！先把兒子抱進去，妳才坐完月子，不要站太久，當心老了腳痠。」

真是……真是甜蜜的「暱稱」，二十幾年，始終如一。

回到家來，兒子迎上前，嘮嘮叨叨的說著學校的事情，「那個葉晴婷最壞了！一天到晚都跟我打架，一點女孩子的樣子都沒有……那個大眼蜻蜓……居然因為我考贏她而生氣，實在太過分了……」

低頭看著自己的兒子，嘆了口氣。

「那，葉晴婷叫你什麼？」

「蟑螂。」他很忿忿，「都是老師啦，說什麼從此『蕭郎是路人』……我不要姓張～」

都是昆蟲？還算得上門當戶對。

或許，下次母姐會先去看看蜻蜓媽媽是怎樣的人，我這個蟑螂媽也得早點打好關係。

婆媳關係是很難搞的，還是越早布樁越好。

正常版譯文

山上有扶蘇，水裡有著荷花。看不到和我約會的美男子，倒是看到你這個狂拙的傢伙。

山上有著喬松，水裡有著水草。看不到和我相約的可愛意中人，倒是遇到你這個狡獪的小鬼。

東門之墠

選自《詩經》·鄭風

是你不肯來

東門的廣場空蕩蕩，
只有茜草孤零零的隨風擺盪在小坡上。
妳家離我這麼樣的近，
我卻覺得心愛的妳，遙遠得要命哪。

本文

東門之墠　茹藘在阪　其室則邇　其人甚遠

東門之栗　有踐家室　豈不爾思　子不我即

生辭註解

墠：墠，ㄕㄢˋ，平坦的地方。

茹藘：茹，ㄖㄨˊ。藘，ㄌㄩˊ。草名，茜草，可以做成紅染料。

阪：小斜坡。

邇：近處。

栗：木名。

踐：整齊貌。

即：就。

導讀

〈東門之墠〉乍看之下沒什麼，筆者選了這篇作為《詩經亂彈》中的愛情詩篇，的確讓人懷疑筆者的眼光。

誠然，這首詩不若其他首的淺白，也沒有太過特殊的表現手法，不過，這首詩好在隱約和聯想。解釋完了生辭，就會覺得這首詩裡包藏著咫尺天涯的無奈。

尤其是「茹藘在阪」，可以和「記得綠羅裙，處處憐芳草」的意境相提並論了。

查幾本書的註釋，都認為是家長反對，婚姻受阻之詩。然筆者比對了上下文，卻不這麼認為。

當中不曾有家長的影子，倒是一男一女互相的隔空嘆氣。這倒是讓人聯想到《紅樓夢》裡，黛玉寶玉每每爭執了起來或拌了嘴，一個在怡紅院抱膝長吁，一個在瀟湘館迎風灑淚。

當然，曹雪芹先生的這些情節，是否從《詩經》的〈東門之墠〉得來的靈感，誰也不清楚（總不能因此叫我去扶乩落觀陰吧？預算不足也），不過，當看過《紅樓夢》後，再體會這首詩，應該會更有感覺。

要不然，若充滿文學氣息的男朋友或女朋友在吵架後問了你「豈不爾思，子不我即」的時候，你回他一句「啥？」，可就平白失去了和好的時機。

蝴蝶版註譯

東門的廣場空蕩蕩，只有茜草孤零零的隨風擺盪在小坡上（哎，她的紅羅裙，就是用坡上的茜草染的呢），妳家離我這麼樣的近，我卻覺得心愛的妳，遙遠得要命，遠得勾不上哪。

（八成一面搔首，一面走來走去，拚命伸長脖子看著窗外，哎唷，怎麼還沒看到她的紅羅裙勒？）

東門的栗子林下，那排整齊的房子裡，就住著心愛的你（看到栗子林，就想到你青色的衣襟），我怎麼會不想念你呢？你怎麼不來到我這裡？

（雖然傷心得要命，她也同樣的痴痴望著窗外，冀望看到那個穿著青色衣襟，慢慢兒的走到她的家門口來。）

古詩今小說

情人吵架，往往都會把最難聽的字眼搬出來，人是很殘忍好戰的，尤其對自己越親密的人，越是口不擇言，啥都能哇拉哇拉的叫出來。

拿《紅樓夢》的林黛玉和賈寶玉這兩個青梅竹馬的冤家來舉例，兩個人拚死命的互相試探吃醋，原本求近的心，反而變得遠了。

情人也不過就是一男一女的組合，就算是同卵雙胞胎，也是兩個不相同的人（雖然理論上，他們應當像是拷貝的一樣，相同的教養下，還是會有迴然不同的心靈），當然沒理由有了愛情，就會心靈同步到百分百（愛情不能拿來拯救世界，事實上，連拯救自己都有問題）。

兩個家庭環境、教養、後天學習甚至性別都不相同的人，怎麼可能會有彼此完全合適的時候，摩擦就因此而生了。

有陣子，因為趕稿到舅母家小住，環境清幽，鳥語花香，書房的窗戶正對著開闊的天空，每天我都覺得心曠神怡，趕起稿子，當然覺得分外有靈感。

等我稿子趕完，mail出去以後，癱瘓在舅母家的客廳沙發裡，才發現我的小表妹正愁眉苦臉的盯著電話。

電話怎麼了？難道上面長了角？伸長了脖子，發現那是個很普通的有線電話，稀奇的是，小表妹還把她銀色的GD92擺在電話旁邊。

不過，力氣抽光了的我，也只能繼續埋在沙發裡頭，並且打起瞌睡來。

若不是電話震天響了起來，我大約不會敏捷的彈起來——從沒想過我也能跳這麼高——小表妹跳得比我還高，口氣急切的，「喂！喂？我是麗靜～啊？蔡翠芬？」她大約腦筋轉了兩秒鐘，才想起表姊的名字，「姊，電話。」

然後遲鈍沉重的跌入另外一張單人沙發，抱住自己的GD92。

我和編輯一面討論稿子，她的表情越來越憂傷，越來越欲言又止，我瞄了她一眼，心裡大約有了譜，「喂，胡姊，」叫著編輯，「我等等打電話給妳。」

走進房間，用電話討論完稿子，幾乎是用爬的爬到客廳，小表妹已經快被深藍色的憂鬱蟲給掩埋了，最可怕的是，那種深藍憂鬱蟲還拚命的往外爬，真怕爬到我身上來。

我是很累，不過總得盡一下表姊的責任。

「怎麼？吵架了？他沒打電話來？」

開始淹大水，我的絲質襯衫……大約被眼淚糟蹋掉了。

「別哭了，」輕輕的拍拍小表妹，也順便哀悼昂貴的襯衫，「吵架？」

「對阿，」委屈的扁嘴，「他罵我水性楊花、行為不檢、笨蛋、白痴、不知世事險惡（非常精采的國罵，刪除）……就因為十一點跟學長單獨去跳舞。」

「那妳也罵他了吧？」有氣無力的問，太陽底下真的沒有新鮮事。

「那當然，他還不是跟學妹半夜去吃冰。半夜兩點ㄟ！那個混蛋，跟花痴學妹也有得混?!他簡直是渾球、花心大蘿蔔、**Shit**、欺騙感情的騙子（非常有創意的侮辱，刪除）……然後就不打電話來了。」

「幾天了？」我喝了口熱茶。她的回答害我差點把茶噴到雪白的長褲上。

「八個小時。」

「他當然不會打來。」眼前都開始虛浮了，「如果妳還要罵他的話。」

「我……」她嗚嗚的哭了起來，整個人都壓在我身上，突然深深的感覺到當表姊的悲哀。

等我昏睡十幾分鐘後，發現表妹也壓在我身上睡著了。抽出發麻的右手，將表妹的GD92抽出來，撥給她的小男友。

「靜靜～都是我不好～」敢情那邊也守在電話邊哪。

「我是靜靜她表姊啦。」有氣無力的罵人，「有時間等電話，怎麼不撥過來?!」

「我……她為什麼不撥過來?!」男孩子的口氣也硬了。

「你不打來，她不打去，剛好分手大吉，大家歡喜。」因為你們煩到我了，「先撥電話手指頭會斷掉？你是不是男人？」

「……靜靜呢？」他小聲小聲的問。

「哭著睡著了。」掛上電話，默數著一、二、三……

電話鈴讓表妹彈了起來，我趕緊爬開來，省得又被壓得動彈不得。

你就看到兩個人對著電話賠不是，五分鐘後男生就跑到我家客廳跟我家小表妹手扣手，對著賠不是和掉眼淚。

無聊。我翻了翻眼白，把自己拋回客房睡覺，抱著手機。

朦朦朧朧間，為了手機的聲音跳了起來，「喂！喂？」

「嗯……翠芬呀？」隔了一天才聽到他的聲音，簡直要把我氣死，一開口……「嗯，是我……」

「還生氣嗎？對不起……」

擦了擦眼淚，不行，我不能心軟，一定要狠狠罵他才行，「沒……我沒有生氣……」

「我去接妳好不好？是我不好……」

「不，是我不好……」一面找著面紙，一面抽著鼻子。

掛了電話，唉。

我對自己覺得很無力。

正常版譯文

東門的廣場邊，茜草生長的小斜坡。妳的家離我是這樣的近，但是人兒卻離我這樣的遠哪。

東門的栗子林邊，有排整齊的住宅。我怎麼會不想念你呢？只是你怎樣都不到我的這裡來呀。

風雨

選自《詩經》・鄭風

想要你回來

風雨瀟瀟颯颯的飄落著，
盡責的雞啼也因為淒風苦雨小聲多了。
見了你回來，親愛的，
我的心痛怎麼會不痊癒呢？

本文

風雨淒淒　雞鳴喈喈　既見君子　云胡不夷

風雨瀟瀟　雞鳴膠膠　既見君子　云胡不瘳

風雨如晦　雞鳴不已　既見君子　云胡不喜

生辭註解

淒淒：寒冷淒涼的樣子。

喈喈：喈，ㄐㄧㄝ，雞鳴聲。

云胡：如何。

夷：喜悅，平靜。

瀟瀟：狂風暴雨的聲音。

膠膠：雞鳴聲。

瘳：瘳，ㄔㄡ，病癒。

晦：昏暗。

導讀

喜歡看金庸小說的，幾乎都對這首詩挺熟的。《神雕俠侶》中，程英見到了楊過，一遍又一遍的在紙上寫著，「既見君子，云胡不喜」，這個個性內斂的姑娘，為了一個心儀的男子（這個該死的浪蕩子），就這樣終生不嫁了。而筆者也因為這八個字，打開《詩經》。

一般人描寫景物，通常將之擬人化和情感同步化。所以「草木」會「含悲」，「風雲」會「變色」，所以倉頡造字會鬧得「天雨粟，鬼神哭」。

事實上，自然景觀最是淡泊無情。風光明媚春光好，照樣會墮落成失戀的地獄，百劫難生。也可能在隆冬雪深，淒風苦雨的時刻，與生離的摯愛重逢。所以人類不用太多情，畢竟地球不隨著任何人轉。

不過，相反的景物心緒，卻可以反襯出狂喜的情緒，這點很別致，大家可以賞析一下。

蝴蝶版註譯

又是風又是雨，這麼淒涼寒冷的時刻，司晨的雞也沒忘掉自己的職責，還是一聲聲的悲啼著（郎君哪，就算是和你分開，這樣孤單多病，還是心念著你，沒忘記我是你的妻哪）。只要看到了你回到我的身邊，親親老公，我內心的風雨怎麼不會平靜下來？

（我是這樣苦苦的企盼你。）

風雨瀟瀟颯颯的飄落著，盡責的雞啼也因為淒風苦雨小聲得多了（那雞還是沒有放棄啼叫，就像我沒放棄等待你）。只要看見了你回來，親愛的，我的心痛怎麼會不痊癒呢？

（這絕對不是因為狹心症才痛的，完全是因為思念你哪。）

風雨不停的下，天空晦暗的好陰沉。雞啼不斷，更增添了哀戚的氣息。就因為你突然的出現在我面前，所以，天氣的陰暗和風雨，突然都不算什麼了，因為有你，我怎麼會不歡喜哪？

（好……好熱情的情詩……適合選入情書大全……）

古詩今小說

用「風雨」暗示自己的相思和別後之苦，用「既見君子」等三種歡欣的反應表示自己的狂喜，〈風雨〉是非常熱情的情詩，想抄情詩給情人，首推此首。

順境中的愛情，如春暖花開，繁麗莫名，就算是有小風小雨，也只是徒增甜蜜。然而遇到了逆境，真正的考驗降臨，有多少人能熬過試煉，這就不可考了。

殊不見，「夫妻本是同林鳥，大難來時各自飛」？

說是這麼說，也幸好有些奇蹟出現，要不然，盡是些人性的醜惡面，生活怎會有意義？

多年前有個「大茂黑瓜」的廣告：一對銀髮夫妻牽著手散步，妻子溫言的說，「老ㄟ，明仔早吃素喔……」老先生呵呵笑，說，「大茂黑瓜……」

這個廣告極其成功，第一次看的時候，筆者的眼眶紅了，另個失婚的同事乾脆啪答啪答的掉眼淚。

「就只是想要白頭到老，很困難嗎？」她喟嘆。

當時她剛被丈夫拋棄，動不動就掉眼淚，意志非常消沉。剛好我的婚姻正是最黑暗的時刻，兩個同病相憐的女人常常淚眼相對的喝咖啡。

後來，我離婚成功了，將小朋友寄放在母親那裡，重新過著新生活，許久不見，又遇到她。

沒想到她氣色極佳，大老遠喊著我的名字，非常快活的。

才坐定，發現她手上戴著婚戒，我瞪大了眼睛。

「這個……」

她轉著戒指，不大好意思的笑著，「我又嫁了。」

失婚以後，她獨居了一段日子，天天喝酒才能入眠。總是哭一會兒，喝掉兩罐啤酒，才昏昏的睡去，一年下來，整個人憔悴得不成人形。

結果，一個國小就遠赴美國的同學，輾轉探聽到她的消息，連夜搭了飛機回來，就只是想看看她。

「誰會去記得一個國小同學？幾十年都過了，」她伸伸舌頭，「他來按門鈴的時候，出來應門的我，活像女鬼一樣。」

千里送鵝毛，她突然非常感動。這麼千山萬水的有個人來看她，風狂雨暴，站在門口還會滴水。小學的時候，兩個人並肩練習朗誦的時光，突然緩緩迴轉。

「等他回去，我又哭了一場，後來我們就開始通e-mail。」

未久，小學同學辭掉了美國的工作，飛回來娶她。

「誰知道能不能白首到老呢？不過，我們會在一起，直到不能在一起為止。」微笑。

希望能看到那一天。這是女人卑微的願望。就只是這樣。

正常版譯文

風雨寒冷淒涼，外面的雞聲聲悲啼。忽然看到了你歸來，我怎麼會不平靜喜悅？

狂風暴雨之中，外面的雞聲聲哀怨。忽然看到了你歸來，我的病怎麼會好不起來呢？

昏沉陰暗的風雨，雞啼聲聲陣陣沒有止息。忽然看到你歸來，我怎麼不會這樣的狂喜？

國家圖書館出版品預行編目資料

詩經亂彈/蝴蝶Seba著. -- 二版. -- 新北市：
雅書堂文化事業有限公司, 2021.02
面； 公分. -- (蝴蝶館 ; 32)
ISBN 978-986-302-564-1(平裝)

863.57 109019712

蝴蝶館 32

詩經亂彈

作　　者／蝴蝶Seba
發 行 人／詹慶和
文字編輯／蔡毓玲
編　　輯／劉蕙寧．黃璟安．陳姿伶
封　　面／古依平
執行美編／陳麗娜
美術編輯／周盈汝．韓欣恬
內頁插圖／shutterstock．版式花紋設計大百匯

出版者／雅書堂文化事業有限公司
郵政劃撥帳號／18225950
戶名／雅書堂文化事業有限公司
地址／新北市板橋區板新路206號3樓
電子信箱／elegant.books@msa.hinet.net
電話／（02）8952-4078
傳真／（02）8952-4084

2021年02月二版一刷　2009年10月初版　定價200元

經銷／易可數位行銷股份有限公司
地址／新北市新店區寶橋路235巷6弄3號5樓
電話／（02）8911-0825
傳真／（02）8911-0801

蝴蝶 *Seba*

蝴蝶
Seba

蝴蝶

Seba

蝴蝶
Seba